自學超簡單

日文

五十音

先生，怎麼學比較快？
せんせい

使用説明

學習重點 1 學化學有元素週期表，學日文也有五十音表

依照五十音的「段」跟「行」分開整理，還把所有讀音通通列出來，不只迅速好查找，更是一看就知道怎麼念！而濁音、半濁音和拗音也獨立列出，避免混淆。

學習重點 2

看到羅馬拼音還是不會念嗎？
沒關係，發音規則一次教給你

管你長音、濁音還是促音，只要屬於日語發音規則，這裡就通通告訴你！本書將長音的規則、重音的規則、濁音的規則、半濁音的規則和促音的規則，全都分門別類，清楚仔細地講解，讓你一次就理解！

---

1 長音的規則

　　日文發音中，有時需將母音（あ、い、う……）音就叫做「長音」。念「長音」時，要將該母音

以下為長音的常見規則（「～」表示拉長音……

あ段音 あ、か、さ、た、な、は……

　　若加上あ，要將此母音念成長音，例如：
おかあさん（母親），唸成 OKA ～ SAN……
おばあさん（婆婆），唸成 OBA ～ SAN……

い段音 い、き、し、ち、に、ひ……

　　若加上い，要將此母音念成長音，例如：
おにいさん（哥哥），唸成 ONI ～ SAN……
おじいさん（爺爺），唸成 OJI ～ SAN……

う段音 う、く、す、つ、ぬ、ふ……

　　若加上う，要將此母音念成長音，例如：
ふうふ（夫婦），要唸成 FU ～ FU。
ゆうめい（有名）要唸成 YU ～ MEI。

え段音 え、け、せ、て、ね……

　　若加上え或い，要將此母音念成長音，例……
おねえさん（姊姊）要唸成 ONE ～ SA……
えいご（英語）要唸成 E ～ GO。

中高型 發音時，高音及前後音節要發較低的音，中間音節發高音。
┌─┐ 劃線記號

中文	日文漢字	羅馬拼音	標記
熱	熱い	atsui	2
寒冷	寒い	samui	2

尾高型 發音時，第一個音節發低音，其餘音節發高音。
當後面接助詞（如は、が）時，助詞需發低音。┌─┐ 劃線記號

中文	日文漢字	羅馬拼音	標記
燒酒	燒酎	sho ~ chu ~	3

Part2

日語發音規則

お段音 お、こ、そ、と、の、ほ、も、よ、ろ

若加上お或う，要將此母音念成長音，例如：
おおさか（大阪）要唸成 O ~ SAKA。
おとうさん（父親）要唸成 OTO ~ SAN。

2 重音的規則

重音是指在一個詞或句子當中，各音節高低及強弱的變化。

日語的重音大多以「高低」區分，每個發音代表一個音節（一拍）。日語的重音可分為「平板型」、「頭高型」、「中高型」、「尾高型」四種，在重音標記方面，一般字典及書籍通常採用「數字」（如1 2 3 4等）或以劃線的方式標記。

以下為重音的常見規則：

平板型 第一個音節發略低音，其餘音節同高音。── 劃線記號

中文	日文漢字	羅馬拼音	標記
水	水	mizu	0
烤肉	燒き肉	yakiniku	0

頭高型 第一個音節發較高的音，第二個音節後發較低的音。
┌─┐ 劃線記號

中文	日文漢字	羅馬拼音	標記
電視	テレビ	terebi	1
餐廳	レストラン	resutoran	1

實作是學習最快的方法，
手寫練習讓你更快熟悉五十音

本書將平假名、片假名並列在同一個跨頁，讓你同時學習，不再搞混！而且每
一個假名都附上漢字起源並標註容易犯錯的地方，把這些通通搞清楚後再動手
練習！同時，每一個假名都會附上羅馬拼音及單字補充，幫你打好日文基礎！

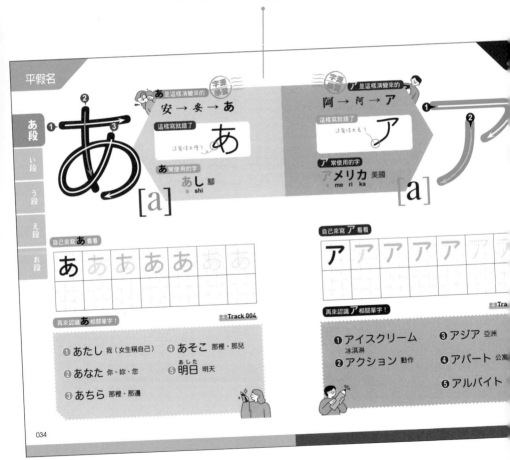

平假名

あ段
い段
う段
え段
お段

あ 是這樣演變來的
字源
學習
安 → 安 → あ

這樣寫就錯了
這裡搭太早了

あ 常使用的字
あし 腳
a shi

[a]

ア 是這樣演變來的
字源
學習
阿 → 阿 → ア

這樣寫就錯了
這裡搭太長了

ア 常使用的字
メリカ 美國
a me ri ka

[a]

自己來寫 **あ** 看看

あ あ あ あ あ あ あ

自己來寫 **ア** 看看

ア ア ア ア ア ア ア

再來認識 **あ** 相關單字！　　　　Track 004

❶ あたし 我（女生稱自己）　❹ あそこ 那裡、那兒
❷ あなた 你、妳、您　　　❺ 明日 明天
　　　　　　　　　　　　　あした
❸ あちら 那裡、那邊

再來認識 **ア** 相關單字！　　　Tra

❶ アイスクリーム　❸ アジア 亞洲
　　冰淇淋
❷ アクション 動作　❹ アパート 公寓
　　　　　　　　　❺ アルバイト

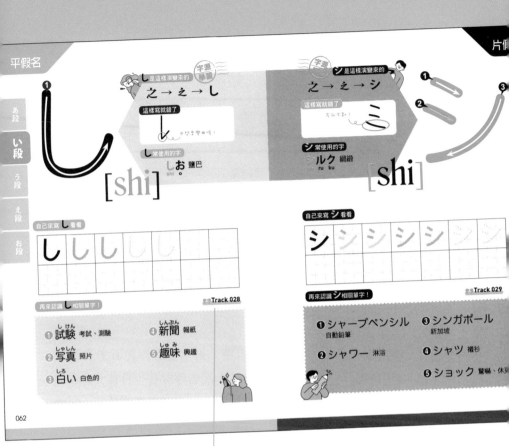

あ段

い段

う段

え段

お段

是這樣演變來的 字源講解
之 → え → し

這樣寫就錯了
し 千萬要甲曲唷！

し 常使用的字
しお 鹽巴
shi o

し
[shi]

シ 是這樣演變來的 字源
之 → え → シ

這樣寫就錯了
ミ 太小不對！

シ 常使用的字
ルク 絹織
ru ku

シ
[shi]

自己來寫 し 看看

し	し	し		

自己來寫 シ 看看

シ	シ	シ	シ	シ	シ

再來認識 し 相關單字！　Track 028

① 試験 (しけん) 考試、測驗
② 写真 (しゃしん) 照片
③ 白い (しろい) 白色的
④ 新聞 (しんぶん) 報紙
⑤ 趣味 (しゅみ) 興趣

再來認識 シ 相關單字！　Track 029

① シャープペンシル 自動鉛筆
② シャワー 淋浴
③ シンガポール 新加坡
④ シャツ 襯衫
⑤ ショック 驚嚇、休克

學習重點 4 聽聽看、寫寫看，五十音你通通都會了嗎？

日文是拼音文字，除了會寫，更要會發音！本書的平假名、片假名及單字都附上音檔，學完五十音後更提供聽寫練習，只有先熟悉平假名、片假名的發音，才有辦法再進一步學單字、聽句子。

皆さん、こんにちは。大家好。

五十音是學習日文的第一關,想學日文就一定熟悉五十音,但五十音又分為平假名、片假名,會不會覺得很困惑、不知道從何下手呢?

考量到很多日文初學者的困擾,這本書帶你從五十音表開始,認識平假名、片假名、濁音、半濁音等存在,再進一步教你所有的發音規則,不管是濁音、半濁音,還是促音或長音,都一個個解釋給你聽,也有整理一些常見的單字範例來輔助說明,像是日文單字人(にん)間(げん)拆開來讀是にん+けん(人+間),合在一起後就因應濁音的發音規則產生變化,加上濁音變成にんげん。

學會發音規則後,就要開始熟悉五十音的寫法了,五十音分成平假名和片假名,常常會有人搞混兩種假名的寫法和拼音。為了解決這個問題,本書就把同樣念法的平假名和片假名並列在同一個跨頁,讓你可以一次練習,熟悉平假名和片假名的對應關

係，才不會看到片假名就霧煞煞！在手寫練習結束後，也有特別設計聽力練習，只要能聽聲音就辨別是哪個假名，距離學好日文就進了一大步啦！

　　除了五十音本身的聽力練習以外，每個平假名和片假名也都有各自提供補充單字，補充單字也有錄成音檔，讓你既學五十音，也擴充單字庫！打下良好的基礎之後，學日文才能無往不利！

　　希望這本書能夠為想學日文，卻又遭受到困難的學習者提供實質上的幫助，衷心希望你能喜歡日文、喜歡日本文化。

松井莉子

目錄

Part 1 ▶ 五十音學習一覽表

Part 2 ▶ 日語發音規則

Part 3 五十音練習

Part 4 五十音聽力測驗

Part 1
五十音學習一覽表

- 五十音表
- 清音
- 濁音、半濁音
- 拗音表

Chapter 1

五十音表

清音、鼻音

Track 001

	あ段 平假名|片假名		い段 平假名|片假名		う段 平假名|片假名		え段 平假名|片假名		お段 平假名|片假名	
あ行	あ	ア a	い	イ i	う	ウ u	え	エ e	お	オ o
か行	か	カ ka	き	キ ki	く	ク ku	け	ケ ke	こ	コ ko
さ行	さ	サ sa	し	シ shi	す	ス su	せ	セ se	そ	ソ so
た行	た	タ ta	ち	チ chi	つ	ツ tsu	て	テ te	と	ト to
な行	な	ナ na	に	ニ ni	ぬ	ヌ nu	ね	ネ ne	の	ノ no
は行	は	ハ ha	ひ	ヒ hi	ふ	フ fu	へ	ヘ he	ほ	ホ ho
ま行	ま	マ ma	み	ミ mi	む	ム mu	め	メ me	も	モ mo
や行	や	ヤ ya	(い)	(イ) (i)	ゆ	ユ yu	(え)	(エ) (e)	よ	ヨ yo
ら行	ら	ラ ra	り	リ ri	る	ル ru	れ	レ re	ろ	ロ ro
わ行	わ	ワ wa	(い)	(イ) (i)	(う)	(ウ) (u)	(え)	(エ) (e)	を	ヲ wo
鼻音	ん	ン n								

濁音、半濁音

Track 002

	平假名	片假名	平假名	片假名	平假名	片假名	平假名	片假名	平假名	片假名
が行	が	ガ ga	ぎ	ギ gi	ぐ	グ gu	げ	ゲ ge	ご	ゴ go
ざ行	ざ	ザ za	じ	ジ ji	ず	ズ zu	ぜ	ゼ ze	ぞ	ゾ zo
だ行	だ	ダ da	ぢ	ヂ ji	づ	ヅ zu	で	デ de	ど	ド do
ば行	ば	バ ba	び	ビ bi	ぶ	ブ bu	べ	ベ be	ぼ	ボ bo
ぱ行	ぱ	パ pa	ぴ	ピ pi	ぷ	プ pu	ぺ	ペ pe	ぽ	ポ po

拗音

Track 003

平假名	片假名	平假名	片假名	平假名	片假名	平假名	片假名	平假名	片假名	平假名	片假名
きゃ	キャ kya	きゅ	キュ kyu	きょ	キョ kyo	りゃ	リャ rya	りゅ	リュ ryu	りょ	リョ ryo
しゃ	シャ sha	しゅ	シュ shu	しょ	ショ sho	ぎゃ	ギャ gya	ぎゅ	ギュ gyu	ぎょ	ギョ gyo
ちゃ	チャ cha	ちゅ	チュ chu	ちょ	チョ cho	じゃ	ジャ jya	じゅ	ジュ jyu	じょ	ジョ jyo
にゃ	ニャ nya	にゅ	ニュ nyu	にょ	ニョ nyo	ぢゃ	ヂャ jya	ぢゅ	ヂュ jyu	ぢょ	ヂョ jyo
ひゃ	ヒャ hya	ひゅ	ヒュ hyu	ひょ	ヒョ hyo	びゃ	ビャ bya	びゅ	ビュ byu	びょ	ビョ byo
みゃ	ミャ mya	みゅ	ミュ myu	みょ	ミョ myo	ぴゃ	ピャ pya	ぴゅ	ピュ pyu	ぴょ	ピョ pyo

Chapter 2

清音

段

在五十音圖裡，橫列稱「行」，豎列稱「段」。每段都是**7～10**個音，五十音總共可以分為五段，但是要記得ん／ン不屬於任何一個段喔！

在每一個假名之下，都會標注該假名的羅馬拼音，左邊是平假名，右邊是片假名，一起記才不混淆。（記得從左念至右，順序才會對。）

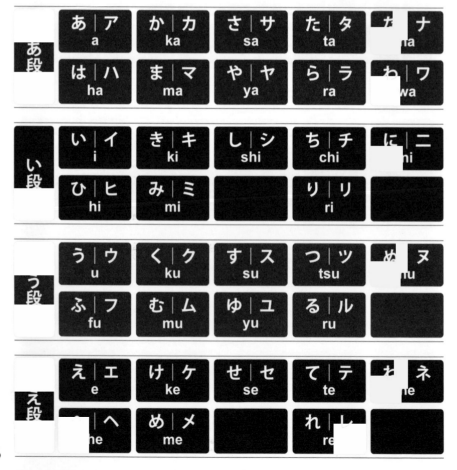

あ段	あ｜ア a	か｜カ ka	さ｜サ sa	た｜タ ta	な｜ナ na
	は｜ハ ha	ま｜マ ma	や｜ヤ ya	ら｜ラ ra	わ｜ワ wa
い段	い｜イ i	き｜キ ki	し｜シ shi	ち｜チ chi	に｜ニ ni
	ひ｜ヒ hi	み｜ミ mi		り｜リ ri	
う段	う｜ウ u	く｜ク ku	す｜ス su	つ｜ツ tsu	ぬ｜ヌ nu
	ふ｜フ fu	む｜ム mu	ゆ｜ユ yu	る｜ル ru	
え段	え｜エ e	け｜ケ ke	せ｜セ se	て｜テ te	ね｜ネ ne
	へ｜ヘ he	め｜メ me		れ｜レ re	

お段	お｜オ o	こ｜コ ko	そ｜ソ so	と｜ト to	の｜ノ no
	ほ｜ホ ho	も｜モ mo	よ｜ヨ yo	ろ｜ロ ro	を｜ヲ wo

鼻音	ん｜ン n

行

在五十音圖裡，橫列稱「行」，豎列稱「段」。每一行有 **2～5** 個音不等，五十音共可分為十行，但也要記得跟「段」一樣，鼻音ん／ン不屬於任何一個段或是行喔！

在每一個假名之下，都會標注該假名的羅馬拼音，左邊是平假名，右邊是片假名，一起記才不混淆。（記得從左念至右，順序才會對。）

あ行	あ｜ア a	い｜イ i	う｜ウ u	え｜エ e	お｜オ o
か行	か｜カ ka	き｜キ ki	く｜ク ku	け｜ケ ke	こ｜コ ko
さ行	さ｜サ sa	し｜シ shi	す｜ス su	せ｜セ se	そ｜ソ so
た行	た｜タ ta	ち｜チ chi	つ｜ツ tsu	て｜テ te	と｜ト to

な行	な|ナ na	に|ニ ni	ぬ|ヌ nu	ね|ネ ne	の|ノ no
は行	は|ハ ha	ひ|ヒ hi	ふ|フ fu	へ|へ he	ほ|ホ ho
ま行	ま|マ ma	み|ミ mi	む|ム mu	め|メ me	も|モ mo
や行	や|ヤ ya		ゆ|ユ yu		よ|ヨ yo
ら行	ら|ラ ra	り|リ ri	る|ル ru	れ|レ re	ろ|ロ ro
わ行	わ|ワ wa				を|ヲ wo
鼻音	ん|ン n				

Chapter 3

濁音、半濁音

日文裡除了清音之外，還有濁音和半濁音，可是濁音和半濁音的數量沒有像清音這麼多。因為在日文清音裡，只有特定幾個音才會「清音變濁音」、「清音變半濁音」的變化。濁音、半濁音在寫法、讀音上都和清音有些不同而已。

濁音

清音之中，只有か、さ、た、は行，共二十個音可變化成濁音。韻母是 k 變 g、韻母是 s 變 z、韻母是 t 變 d、韻母是 h 變 b 的音；其實濁音寫法只是在清音上多加了「"」而已。左邊是平假名，右邊是片假名。平／片假名一起記，才不會混淆。

が行	が｜ガ ga	ぎ｜ギ gi	ぐ｜グ gu	げ｜ゲ ge	ご｜ゴ go
ざ行	ざ｜ザ za	じ｜ジ ji	ず｜ズ zu	ぜ｜ゼ ze	ぞ｜ゾ zo
だ行	だ｜ダ da	ぢ｜ヂ ji	づ｜ヅ zu	で｜デ de	ど｜ド do
ば行	ば｜バ ba	び｜ビ bi	ぶ｜ブ bu	べ｜ベ be	ぼ｜ボ bo

半濁音

清音之中，只有は行會產生半濁音，所以一共只有ぱ、ぴ、ぷ、ぺ、ぽ五個音而已喔，看見了嗎？半濁音的寫法就是在右上角多加一個「。」而已。左邊是平假名，右邊是片假名。平／片假名一起記，才不會混淆。

ぱ行	ぱ｜パ pa	ぴ｜ピ pi	ぷ｜プ pu	ぺ｜ペ pe	ぽ｜ポ po

拗音表

看見了嗎？拗音是一個較大的假名加上另一個較小的假名，拗音的寫法和清音、濁音、半濁音的寫法都不太一樣，當某幾個特定的假名變成小寫（就是指比較小的字）時，就是所謂的拗音。（規則會在下個單元一起說。）

| きゃ キャ | きゅ キュ | きょ キョ |
| kya | kyu | kyo |

| しゃ シャ | しゅ シュ | しょ ショ |
| sha | shu | sho |

| ちゃ チャ | ちゅ チュ | ちょ チョ |
| cha | chu | cho |

| にゃ ニャ | にゅ ニュ | にょ ニョ |
| nya | nyu | nyo |

| ひゃ ヒャ | ひゅ ヒュ | ひょ ヒョ |
| hya | hyu | hyo |

| みゃ ミャ | みゅ ミュ | みょ ミョ |
| mya | myu | myo |

りゃ | リャ rya	りゅ | リュ ryu	りょ | リョ ryo
ぎゃ | ギャ gya	ぎゅ | ギュ gyu	ぎょ | ギョ gyo
じゃ | ジャ ja	じゅ | ジュ ju	じょ | ジョ jo
びゃ | ビャ bya	びゅ | ビュ byu	びょ | ビョ byo
ぴゃ | ピャ pya	ぴゅ | ピュ pyu	ぴょ | ピョ pyo

Part 2
日語發音規則

- 長音的規則
- 重音的規則
- 濁音的規則
- 半濁音的規則
- 促音的規則

1 長音的規則

　　日文發音中，有時需將母音（あ、い、う、え、お）唸成兩拍，這種發音就叫做「長音」。念「長音」時，要將該母音拉長一倍。

　　以下為長音的常見規則（「～」表示拉長音）：

あ段音 あ、か、さ、た、な、は、ま、や、ら、わ

若加上あ，要將此母音念成長音，例如：
おかあさん（母親），唸成 OKA ～ SAN。
おばあさん（婆婆），唸成 OBA ～ SAN。

い段音 い、き、し、ち、に、ひ、み、り

若加上い，要將此母音念成長音，例如：
おにいさん（哥哥），唸成 ONI ～ SAN。
おじいさん（爺爺），唸成 OJI ～ SAN。

う段音 う、く、す、つ、ぬ、ふ、む、ゆ、る

若加上う，要將此母音念成長音，例如：
ふうふ（夫婦），要唸成 FU ～ FU。
ゆうめい（有名）要唸成 YU ～ MEI。

え段音 え、け、せ、て、ね、へ、め、れ

若加上え或い，要將此母音念成長音，例如：
おねえさん（姊姊）要唸成 ONE ～ SAN。
えいご（英語）要唸成 E ～ GO。

お段音 お、こ、そ、と、の、ほ、も、よ、ろ

若加上お或う，要將此母音念成長音，例如：
おおさか（大阪）要唸成 O 〜 SAKA。
おとうさん（父親）要唸成 OTO 〜 SAN。

重音的規則

重音是指在一個詞或句子當中，各音節高低及強弱的變化。

日語的重音大多以「高低」區分，每個發音代表一個音節（一拍）。日語的重音可分為「平板型」、「頭高型」、「中高型」、「尾高型」四種，在重音標記方面，一般字典及書籍通常採用「數字」（如 1 2 3 4 等）或以劃線的方式標記。

以下為重音的常見規則：

平板型 第一個音節發略低音，其餘音節同高音。────── 劃線記號

中文	日文漢字	羅馬拼音	標記
水	水（みず）	mizu	0
烤肉	焼（や）き肉（にく）	yakiniku	0

頭高型 第一個音節發較高的音，第二個音節後發較低的音。
──── 劃線記號

中文	日文漢字	羅馬拼音	標記
電視	テレビ	terebi	1
餐廳	レストラン	resutoran	1

中高型 發音時，高音及前後音節要發較低的音，中間音節發高音。

```
    ┌─┐
────┘ └──── 劃線記號
```

中文	日文漢字	羅馬拼音	標記
熱	熱_{あつ}い	atsui	2
寒冷	寒_{さむ}い	samui	2

尾高型 發音時，第一個音節發低音，其餘音節發高音。

當後面接助詞（如は、が）時，助詞需發低音。

```
    ┌───┐
────┘   └ 劃線記號
```

中文	日文漢字	羅馬拼音	標記
燒酒	燒酎_{しょうちゅう}	sho～chu～	3
吃	食_たべます	tabemasu	3

3 濁音的規則

以下音可變化為「濁音」，尚未變為濁音的念法如下：

か（ka）	き（ki）	く（ku）	け（ke）	こ（ko）
さ（sa）	し（shi）	す（su）	せ（se）	そ（so）
た（ta）	ち（chi）	つ（tsu）	て（te）	と（to）
は（ha）	ひ（hi）	ふ（fu）	へ（he）	ほ（ho）

變為濁音後的念法如下：

が（ga）	ぎ（gi）	ぐ（gu）	げ（ge）	ご（go）
ざ（za）	じ（ji）	ず（zu）	ぜ（ze）	ぞ（zo）
だ（da）	ぢ（ji）	づ（zu）	で（de）	ど（do）
ば（ba）	び（bi）	ぶ（bu）	べ（be）	ぼ（bo）

以下是濁音的常見規則：

規則 ① 字尾是「が、ま、な、ば」行，加上「て、たり、た」形時，就會變成濁音。

例：

泳ぐ＋て／たり／た ⊃ 泳いで／泳いだり／泳いだ
住む＋て／たり／た ⊃ 住んで／住んだり／住んだ
死ぬ＋て／たり／た ⊃ 死んで／死んだり／死んだ
運ぶ＋て／たり／た ⊃ 運んで／運んだり／運んだ

規則 ② 複合名詞的後續詞，如果音首是「か、さ、た、は」行時，就會變成濁音。

例：

針＋金：はり＋かね→はりがね（金屬絲）
小＋猿：こ＋さる→こざる（小猴子）

規則 ③ 複合名詞的前位詞（第一個名詞），若最後一個假名為「ん」時，往往會變為濁音。

例：

本＋箱：ほん＋はこ→ほんばこ（書箱）
人＋間：にん＋けん→にんげん（人）
三＋軒：さん＋けん→さんげん（三間房屋）

規則 ④ 某些疊詞（日語稱為「疊語」），因前後詞重疊緊密，後位詞（在後面的詞）的字首就會變為濁音。

例：

各＋自：それ＋それ→それぞれ（各自）

4 半濁音的規則

只有は行的音會產生半濁音，共有ぱ（pa）、ぴ（pi）、ぷ（pu）、ぺ（pe）、ぽ（po）五個。

5 促音的規則

促音的符號「っ」很容易與「つ」搞混，要特別小心！

促音代表「暫停一拍」的意思，若在發音時遇到促音，記得停一拍之後再接著發後面的音。例如：いっしょに（一起），發音為：i（x）shoni（x表示停一拍）。

日文的數量詞和數字一同搭配時，經常會變為濁音和促音，以下為數量詞和數字結合的發音方式：

規則 1 當「分」（分鐘）遇到數字時的變化：

日文漢字	平假名	羅馬拼音
一分	いっぷん	i（x）pun
二分	にふん	nifun
三分	さんぷん	sanpun
四分	よんぷん	yonpun
五分	ごふん	gofun
六分	ろっぷん	ro（x）pun
七分	ななふん	nanafun
八分	はっぷん	ha（x）pun
九分	きゅうふん	kyu~fun

十分	じゅっぷん	ju（x）pun
何分	なんぷん	nanpun

規則 **2** 當「回」（次數）遇到數字時的變化：

日文漢字	平假名	羅馬拼音
一回	いっかい	i（x）kai
二回	にかい	nikai
三回	さんかい	sankai
四回	よんかい	yonkai
五回	ごかい	gokai
六回	ろっかい	ro（x）kai
七回	ななかい	nanakai
八回	はっかい	ha（x）kai
九回	きゅうかい	kyu~kai
十回	じゅっかい	ju（x）kai
何回	なんかい	nankai

規則 **3** 當「階」（樓層）遇到數字時的變化：

日文漢字	平假名	羅馬拼音
一階	いっかい	i（x）kai
二階	にかい	nikai
三階	さんがい	sangai
四階	よんかい	yonkai
五階	ごかい	gokai

日文漢字	平假名	羅馬拼音
六階	ろっかい	ro（x）kai
七階	ななかい	nanakai
八階	はっかい	ha（x）kai
九階	きゅうかい	kyu~kai
十階	じゅっかい	ju（x）kai
何階	なんがい	nangai

規則 4 當「本」（根或條）遇到數字時的變化：

日文漢字	平假名	羅馬拼音
一本	いっぽん	i（x）pon
二本	にほん	nihon
三本	さんぼん	sanbon
四本	よんほん	yonhon
五本	ごほん	gohon
六本	ろっぽん	ro（x）pon
七本	ななほん	nanahon
八本	はっぽん	ha（x）pon
九本	きゅうほん	kyu~hon
十本	じゅっぽん	ju（x）pon

規則 5 當「冊」（本）遇到數字時的變化：

日文漢字	平假名	羅馬拼音
一冊	いっさつ	i（x）satsu
二冊	にさつ	nisatsu

三冊	さんさつ	sansatsu
四冊	よんさつ	yonsatsu
五冊	ごさつ	gosatsu
六冊	ろくさつ	rokusatsu
七冊	ななさつ	nanasatsu
八冊	はっさつ	ha（x）satsu
九冊	きゅうさつ	kyu~satsu
十冊	じゅっさつ	ju（x）satsu
何冊	なんさつ	nansatsu

規則 **6** 當「枚」（片或張等薄狀的東西）遇到數字時的變化：

日文漢字	平假名	羅馬拼音
一枚	いちまい	ichimai
二枚	にまい	nimai
三枚	さんまい	sanmai
四枚	よんまい	yonmai
五枚	ごまい	gomai
六枚	ろくまい	rokumai
七枚	ななまい	nanamai
八枚	はちまい	hachimai
九枚	きゅうまい	kyu~mai
十枚	じゅうまい	ju~mai
何枚	なんまい	nanmai

Part 3
五十音練習

- あ / ア段
- い / イ段
- う / ウ段
- え / エ段
- お / オ段

- ん / ン

あ段

い段
う段
え段
お段

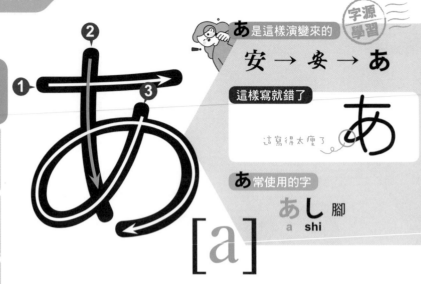

[a]

字源學習

あ 是這樣演變來的

安 → 安 → あ

這樣寫就錯了

這寫得太瘦了

あ 常使用的字

あし 腳
a shi

自己來寫 あ 看看

あ	あ	あ	あ	あ	あ	あ

再來認識 あ 相關單字！　　　　　　🎧 **Track 004**

① あたし　我（女生稱自己）

② あなた　你、妳、您

③ あちら　那裡、那邊

④ あそこ　那裡、那兒

⑤ 明日　明天
　あした

字源學習

ア 是這樣演變來的

阿 → 阿 → ア

這樣寫就錯了

這寫得太長了

ア 常使用的字

アメリカ 美國
a me ri ka

[a]

自己來寫 ア 看看

再來認識 ア 相關單字！

Track 005

❶ アイスクリーム
　冰淇淋

❷ アクション　動作

❸ アジア　亞洲

❹ アパート　公寓

❺ アルバイト　打工

あ段
い段
う段
え段
お段

か 是這樣演變來的 字源學習

加 → 加 → か

這樣寫就錯了

カ

這寫得太遠了

か 常使用的字

かお 臉
ka 。

[ka]

自己來寫 か 看看

か	か	か	か	か	か	か

再來認識 か 相關單字！

Track 006

① か あ
母さん 媽媽、母親

② か い ぎ
会議 會議

③ か さ
傘 雨傘

④ か ぞく
家族 家人

⑤ か ぜ
風邪 感冒

字源學習 **カ** 是這樣演變來的

加 → 加 → カ

這樣寫就錯了

這撇不要太長喔！

カ 常使用的字

カメラ 照相機
ka me ra

[ka]

自己來寫 **カ** 看看

カ	カ	カ	カ	カ	カ	カ

再來認識 **カ** 相關單字！

🎧 Track 007

❶ カード 卡片

❷ カップ 杯子（有把手）

❸ カップル 情侶

❹ カレー 咖哩

❺ カレンダー 月曆

あ段

い段

う段

え段

お段

さ 是這樣演變來的　字源學習

左 → 左 → さ

這樣寫就錯了

不要太高　す

さ 常使用的字

さけ 酒
sa ke

[sa]

自己來寫 さ 看看

さ	さ	さ	さ	さ	さ	さ

再來認識 さ 相關單字！　🎧 **Track 008**

❶ 桜 (さくら) 櫻花

❷ 刺身 (さしみ) 生魚片

❸ 散歩 (さんぽ) 散步

❹ 寒い (さむ) 寒冷的

❺ 最近 (さいきん) 最近

サ 是這樣演變來的

散 → 散 → サ

這樣寫就錯了

サ

是一豎，
不要有點點斜斜的！

サ 常使用的字

サ イン 簽名
sa i n

ア段

イ段

ウ段

エ段

オ段

[sa]

自己來寫 サ 看看

サ	サ	サ	サ	サ	サ	サ

再來認識 サ 相關單字！　　　　　　　　　🎧 Track 009

❶ サービス 服務　　　　　❸ サッカー （英式）足球

❷ サイズ 尺寸　　　　　　❹ サラリーマン 上班族

　　　　　　　　　　　　　❺ サンダル 涼鞋

あ段
い段
う段
え段
お段

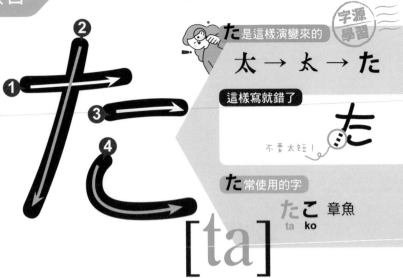

字源學習

た 是這樣演變來的

太 → 太 → た

這樣寫就錯了

不要太短！ た

た 常使用的字

たこ 章魚
ta ko

[ta]

自己來寫 た 看看

た	た	た	た	た	た	た

再來認識 た 相關單字！　　　　　Track 010

たいいん
① 退院　出院

たまご
② 卵　雞蛋

たたみ
③ 畳　榻榻米

たいふう
④ 台風　颱風

たんじょう び
⑤ 誕生日　生日

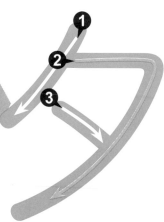

字源學習 **夕** 是這樣演變來的

多 → 多 → 夕

這樣寫就錯了

太長了！

夕 常使用的字

夕オル 毛巾
ta o ru

[ta]

ア段

イ段

ウ段

エ段

オ段

自己來寫 **夕** 看看

夕	夕	夕	夕	夕		

再來認識 **夕** 相關單字！　　　Track 011

❶ タイ　泰國

❷ タクシー　計程車

❸ タバコ　菸

❹ タイトル　標題

❺ タイプ　類型

あ段
い段
う段
え段
お段

な是這樣演變來的

奈 → 奈 → な

這樣寫就錯了

な

圈圈太大了！

な常使用的字

なす 茄子
na su

[na]

自己來寫 な 看看

な	な	な	な	な	な	な

再來認識 な 相關單字！

Track 012

なつやす
❶ 夏休み 暑假

なに
❷ 何 什麼、怎麼

なみだ
❸ 涙 眼淚

なまえ
❹ 名前 名字

なら
❺ 習う 學習

ア段
イ段
ウ段
エ段
オ段

ナ 是這樣演變來的

奈 → 奈 → ナ

這樣寫就錯了

這一橫不要太長喔!

ナ 常使用的字

イス 友善的
i su

[na]

ナ

自己來寫 ナ 看看

ナ	ナ	ナ	ナ	ナ	ナ	ナ

再來認識 ナ 相關單字! 🎧 Track 013

❶ ナイフ 刀子

❷ ナッツ 堅果

❸ ナイル 尼羅河

❹ ナンバー 數字

❺ ナビ 導航

あ段
い段
う段
え段
お段

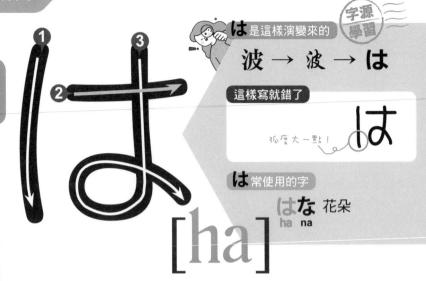

は是這樣演變來的

字源學習

波 → 波 → は

這樣寫就錯了

は

弧度大一點！

は 常使用的字

はな 花朵
ha na

[ha]

自己來寫 **は** 看看

は	は	は	は	は	は	は

再來認識 **は** 相關單字！

🎧 **Track 014**

は いしゃ
❶ 歯医者 牙醫

はし
❷ 箸 筷子

❸ はがき 明信片

はら
❹ 腹 肚子

はじ
❺ 始める 開始

片假名

ア段
イ段
ウ段
エ段
オ段

字源練習

八 是這樣演變來的

八 → ハ → ハ

這樣寫就錯了

這裡不要
連在一起喔！

八 常使用的字

ハーモニカ 口琴
ha　mo ni ka

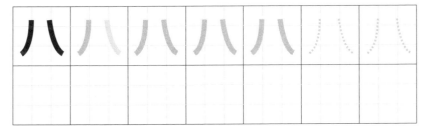

[ha]

① ②

自己來寫 八 看看

ハ	ハ	ハ	ハ	ハ		

再來認識 八 相關單字！

🎵 Track 015

❶ ハイキング 郊遊、遠足

❷ ハンカチ 手帕

❸ ハンサム 英俊的

❹ ハム 火腿

❺ ハイヒール 高跟鞋

045

あ段

い段

う段

え段

お段

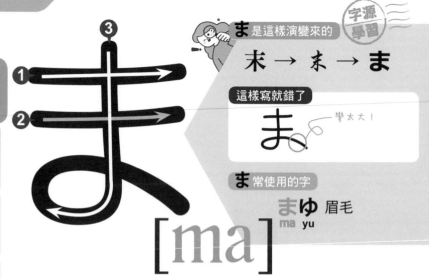

ま 是這樣演變來的 **字源學習**

末 → 末 → ま

這樣寫就錯了

ま 彎太大！

ま 常使用的字

まゆ 眉毛
ma yu

ま [ma]

自己來寫 **ま** 看看

ま	ま	ま	ま	ま	ま	ま

再來認識 **ま** 相關單字！

Track 016

① 窓 （まど） 窗戶

② 万年筆 （まんねんひつ） 鋼筆

③ 曲がる （まがる） 轉向

④ 町 （まち） 城鎮、街道

⑤ 漫画 （まんが） 漫畫

マ 是這樣演變來的

末 → 末 → マ

這樣寫就錯了

點太大了，
寫稍小一點！

マ 常使用的字

マスク 口罩
ma su ku

[ma]

ア段
イ段
ウ段
エ段
オ段

自己來寫 マ 看看

マ	マ	マ	マ	マ		

再來認識 マ 相關單字！　　　　　　　　🎧 Track 017

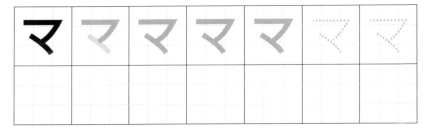

❶ マッチ 火柴、配合　　❸ マンゴー 芒果

❷ マンション 公寓　　❹ マナー 禮貌、禮儀

❺ マイク 麥克風

あ段

い段

う段

え段

お段

字源學習

や 是這樣演變來的

也 → 也 → や

這樣寫就錯了

要差一點！

や 常使用的字

やま 山
ya ma

[ya]

自己來寫 や 看看

や	や	や	や	や	や	や

再來認識 や 相關單字！　　　　　　　　　　Track 018

❶ 休み（やす）休息、休假

❷ 野菜（や さい）蔬菜

❸ 野球（や きゅう）棒球

❹ 安い（やす）便宜的

❺ 易しい（やさ）簡單的

 ヤ 是這樣演變來的

也 → 也 → ヤ

這樣寫就錯了

や 不能太彎！

ヤ 常使用的字

ヤクルト 養樂多
ya ku ru to

[ya]

自己來寫 ヤ 看看

ヤ	ヤ	ヤ	ヤ	ヤ	ヤ	ヤ

再來認識 ヤ 相關單字！　　　　　　　　　　Track 019

❶ ヤダ 討厭（口語用法）

❷ ヤンキー 不良少年
　　　　　　　（少女）

❸ ヤケクソ 自暴自棄

❹ ヤフー 雅虎Yahoo
　　　　（公司名稱）

❺ ヤクザ 黑幫

い段

う段

え段

お段

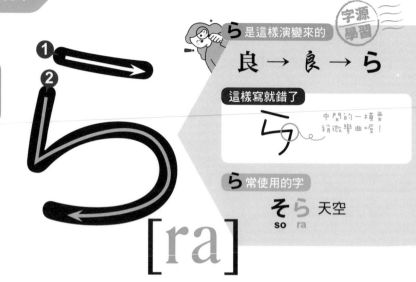

ら 是這樣演變來的 字源學習

良 → 良 → ら

這樣寫就錯了

中間的一橫要稍微彎曲喔！

ら 常使用的字

そ**ら** 天空
so ra

[ra]

自己來寫 **ら** 看看

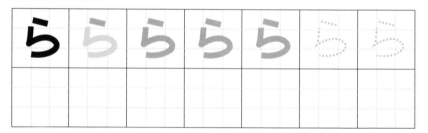

再來認識 **ら** 相關單字！　　　　　　　　　Track 020

① **来年** らいねん 明年

② **来月** らいげつ 下個月

③ **来週** らいしゅう 下週

④ **雷** らい 閃電

⑤ **欄干** らんかん 欄杆、扶手

ラ 是這樣演變來的

良 → 良 → ラ

這樣寫就錯了

ラ

知道一點點！

ラ 常使用的字

レスト**ラ**ン 餐館
re su to ra n

[ra]

自己來寫 ラ 看看

ラ	ラ	ラ	ラ	ラ	ラ	ラ

再來認識 ラ 相關單字！　　　　　　　　　Track 021

❶ ラーメン 拉麵　　　❸ ラベル 標籤

❷ ラジオ 收音機、電台　❹ ランチ 午餐

❺ ラッシュアワー
尖峰時段

わ 是這樣演變來的

和 → 和 → わ

這樣寫就錯了

這裡弧度要
大一點喔！

わ 常使用的字

かわ 河流
ka wa

[wa]

自己來寫 わ 看看

わ わ わ わ わ

再來認識 わ 相關單字！　　　　　Track 022

① 私 我
わたし

② 笑う 笑
わら

③ 忘れる 忘記
わす

④ わかる 了解、明白

⑤ 若い 年輕的
わか

字源學習　ワ 是這樣演變來的

和 → 和 → ワ

這樣寫就錯了

不可以太短喔！

ワ 常使用的字

ワイヤ 金屬線
wa i ya

[wa]

ア段
イ段
ウ段
エ段
オ段

自己來寫 ワ 看看

再來認識 ワ 相關單字！

Track 023

1 ワイシャツ 男性襯衫

2 ワイン 葡萄酒

3 ワンチャン 說不定、有可能

4 ワイド 寬的、廣的

5 ワクチン 疫苗

學會了嗎？測驗一下

あ段

寫出片假名　　　再多練習寫幾次吧！

1 な

2 た

3 さ

4 か

5 あ

寫出平假名　再多練習寫幾次吧！

1　サ

2　ナ

3　カ

4　ア

5　タ

解答：（左頁）ナタサカア　（右頁）さなかあた

學會了嗎？測驗一下

あ段

寫出片假名　　再多練習寫幾次吧！

6 や

7 ま

8 わ

9 は

10 ら

寫出平假名　再多練習寫幾次吧！

6 ヤ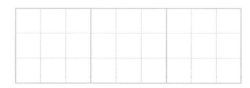

7 ハ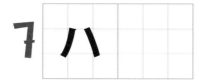

8 ラ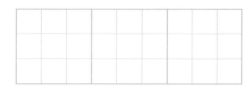

9 ワ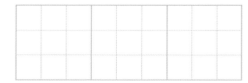

10 マ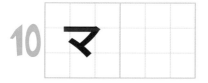

解答：（左頁）ヤマワハラ （右頁）やはらわま

あ段

い段

う段

え段

お段

① ② い

[i]

い 是這樣演變來的

以 → 以 → い

這樣寫就錯了

い

要長一點喔！

い 常使用的字

い え 房子
i e

自己來寫 **い** 看看

い	い	い	い	い			

再來認識 **い** 相關單字！

Track 024

① 椅子 椅子
いす

② 犬 狗
いぬ

③ 今 現在、馬上
いま

④ 意味 意思
いみ

⑤ 忙しい 忙碌的
いそが

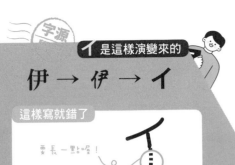

イ 是這樣演變來的

伊 → 伊 → イ

這樣寫就錯了

要長一點喔！

イ 常使用的字

ンク 墨汁
n ku

[i]

自己來寫 イ 看看

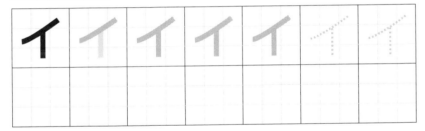

再來認識 イ 相關單字！

Track 025

❶ イギリス 英國　　❸ インタビュー 訪問、採訪

❷ イタリア 義大利　❹ イメージ 印象、影像

　　　　　　　　　　❺ インターネット 網際網路

あ段

い段

う段

え段

お段

字源學習

き 是這樣演變來的

幾 → 幾 → き

這樣寫就錯了

き

距離不要太遠喔！

き 常使用的字

きりん 長頸鹿
ki ri n

き
[ki]

自己來寫 **き** 看看

き	き	き	き	き	き	き

再來認識 **き** 相關單字！　　　　　　Track 026

① きょう
今日 今天

② きんようび
金曜日 星期五

③ きおん
気温 氣溫

④ きせつ
季節 季節

⑤ きたな
汚い 髒的

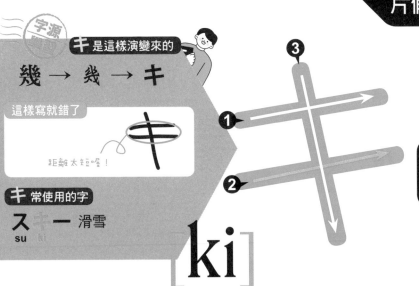

字源

キ 是這樣演變來的

幾 → 幾 → キ

這樣寫就錯了

距離太短喔！

キ 常使用的字

スキー 滑雪
su　ki

[ki]

ア段

イ段

ウ段

エ段

オ段

自己來寫 キ 看看

キ	キ	キ	キ	キ	キ	キ

再來認識 キ 相關單字！　　　　　　　　　Track 027

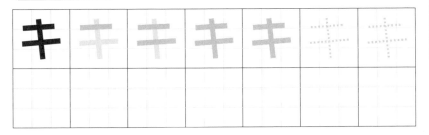

❶ キャッシュカード
　提款卡

❷ キログラム　公斤

❸ キロメートル　公里

❹ キッチン　廚房

❺ キーボード　鍵盤

あ段
い段
う段
え段
お段

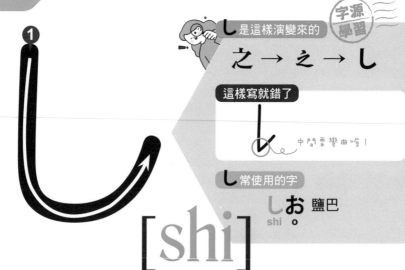

し

是這樣演變來的　字源學習

之 → 之 → し

這樣寫就錯了

中間要彎曲喔！

し 常使用的字

しお 鹽巴
shi 。

[shi]

自己來寫 **し** 看看

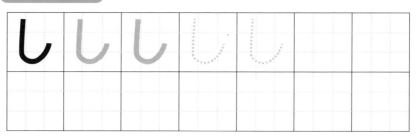

再來認識 **し** 相關單字！　🎧 **Track 028**

① **試験** 考試、測驗
　しけん

② **写真** 照片
　しゃしん

③ **白い** 白色的
　しろ

④ **新聞** 報紙
　しんぶん

⑤ **趣味** 興趣
　しゅみ

シ 是這樣演變來的

之 → 之 → シ

這樣寫就錯了

方向不對!

シ 常使用的字

シルク 絹緞
shi ru ku

[shi]

ア段

イ段

ウ段

エ段

オ段

自己來寫 シ 看看

シ	シ	シ	シ	シ	⠇	⠇

再來認識 シ 相關單字!

🎧 Track 029

❶ シャープペンシル
自動鉛筆

❸ シンガポール
新加坡

❷ シャワー 淋浴

❹ シャツ 襯衫

❺ ショック 驚嚇、休克

あ段

い段

う段

え段

お段

ち

[chi]

ち 是這樣演變來的 （字源學習）

知 → 知 → ち

這樣寫就錯了

ち

要彎彎的才對，不能有角度喔！

ち 常使用的字

く ち 嘴巴
ku chi

自己來寫 ち 看看

ち	ち	ち	ち	ち	ち	ち

再來認識 ち 相關單字！　　　　　　　　　　🎧 **Track 030**

① ちち
父　父親

② ち か てつ
地下鉄　地下鐵

③ ちゅうしゃじょう
駐車場　停車場

④ ちい
小さい　小的

⑤ ち きゅう
地球　地球

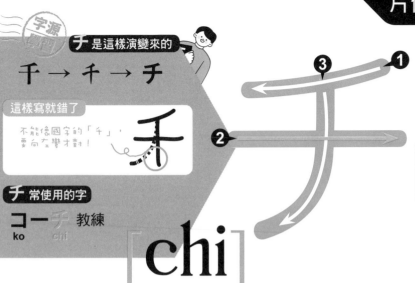

字源專門

チ 是這樣演變來的

千 → チ → チ

這樣寫就錯了

不能像國字的「千」，要向左彎才對！

千

チ 常使用的字

コーチ 教練
ko　　chi

[chi]

自己來寫 チ 看看

チ	チ	チ	チ	チ	チ	チ

再來認識 チ 相關單字！　　🎧 **Track 031**

❶ チャンス 機會　　❸ チケット 票券

❷ チーズ 起司　　❷ チョコレート 巧克力

❷ チェック 檢查、確認

065

あ段

い段

う段

え段

お段

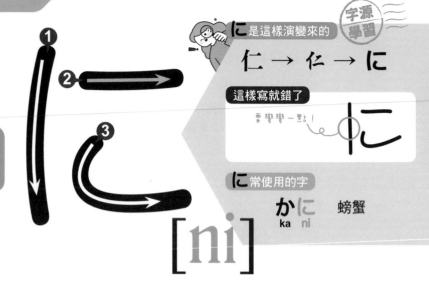

に是這樣演變來的 字源學習

仁 → 仁 → に

這樣寫就錯了

に

要彎彎一點！

に 常使用的字

か**に** 螃蟹
ka ni

に
[ni]

自己來寫 に 看看

に	に	に	に	に	に	に

再來認識 に 相關單字！

Track 032

① 日本（に ほん） 日本

② 肉（に く） 肉

③ 荷物（に もつ） 行李

④ 苦い（に が） 苦的

⑤ 入院（にゅういん） 住院

字源 趣聞

二 是這樣演變來的

仁 → 仁 → 二

這樣寫就錯了

要上短下長，
像數字的二！

二 常使用的字

テニス 網球
te ni su

❶
❷

[ni]

自己來寫 二 看看

二	二	二	二	二	⋯⋯	⋯⋯

再來認識 二 相關單字！

🔊 **Track 033**

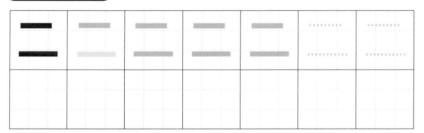

❶ ニュース 新聞、消息　　❸ ニーズ 需要、需求

❷ ニキビ 粉刺、青春痘　　❹ ニンジン 胡蘿蔔

❺ ニンニク 大蒜

あ段

い段

う段

え段

お段

ひ

ひ 是這樣演變來的 字源學習

比 → 比 → ひ

這樣寫就錯了

ぴ

往下寫不是
往右寫！

ひ 常使用的字

ひと 人
hi to

[hi]

自己來寫 **ひ** 看看

ひ	ひ	ひ	ひ	ひ	ひ	

再來認識 **ひ** 相關單字！

🎧 **Track 034**

① 飛行機 (ひこうき) 飛機

② ひま 空閒、時間

③ 冷やす (ひやす) 冷卻、冷靜

④ 引き出し (ひきだし) 抽屜

⑤ 平仮名 (ひらがな) 平假名

字源學習

ヒ 是這樣演變來的

比 → 比 → ヒ

這樣寫就錯了

角度不能太大！

ヒ 常使用的字

ヒーター 電暖器
hi ta

[hi]

自己來寫 **ヒ** 看看

ヒ	ヒ	ヒ	ヒ	ヒ	ヒ	ヒ

再來認識 **ヒ** 相關單字！

Track 035

① ヒット 受歡迎、熱門

② ヒル 山丘

③ ヒーロー 英雄

④ ヒレ 腰內肉

⑤ ヒップ 臀部

あ段

い段

う段

え段

お段

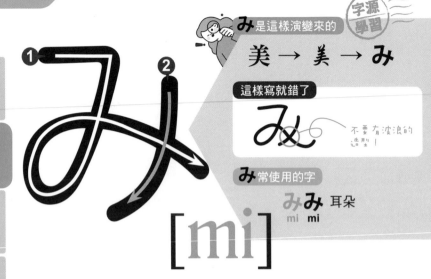

み是這樣演變來的 字源學習

美 → 美 → み

這樣寫就錯了

不要有波浪的線型生界！

み 常使用的字

みみ 耳朵
mi mi

[mi]

自己來寫 み 看看

再來認識 み 相關單字！

Track 036

❶ みかん 橘子

❷ 皆さん 大家
　みな

❸ 見方 看法、立場
　み かた

❹ 短い 短的
　みじか

❺ 見る 看
　み

字源學習

ミ 是這樣演變來的

三 → ミ → ミ

這樣寫就錯了

三劃要平行！

❶

❷

❸

ミ 常使用的字

ルク 牛奶
ru ku

[mi]

自己來寫 ミ 看看

ミ	ミ	ミ	ミ	ミ	ミ	ミ

再來認識 ミ 相關單字！

🔊 **Track 037**

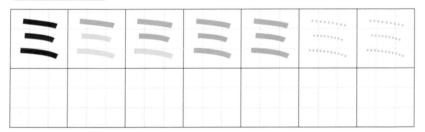

❶ ミュージカル 音樂劇

❷ ミュージシャン 音樂家

❸ ミス 失誤

❹ ミリ 毫米

❺ ミシン 縫紉機

あ段

い段

う段

え段

お段

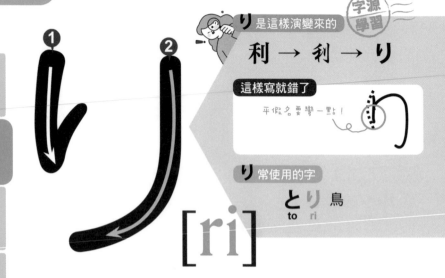

字源學習

り 是這樣演變來的

利 → 利 → り

這樣寫就錯了

平假名要彎一點！

り 常使用的字

と**り** 鳥
to ri

[ri]

自己來寫 **り** 看看

り	り	り				

再來認識 **り** 相關單字！

🎵 **Track 038**

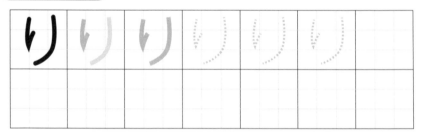

① りんご 蘋果

② りゅうがくせい
留学生 留學生

③ りょこう
旅行 旅行

④ りょうしん
両親 雙親

⑤ りょかん
旅館 旅館

字源

リ 是這樣演變來的

利 → 利 → リ

這樣寫就錯了

片假名要直一點！

リ 常使用的字

フト 升降機
fu to

[ri]

自己來寫 リ 看看

リ	リ	リ	リ	リ	リ	リ

再來認識 リ 相關單字！

🔊 **Track 039**

❶ リボン 緞帶

❷ リーダー 領導者

❸ リビング 客廳

❹ リサイクル 回收

❺ リビア 利比亞（國名）

學會了嗎？測驗一下

い段

寫出片假名　再多練習寫幾次吧！

1 し

2 い

3 に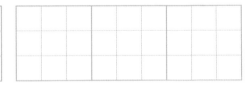

4 き

5 ち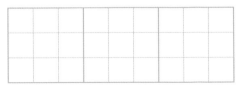

寫出平假名 再多練習寫幾次吧！

1 シ

2 ニ

3 キ

4 チ

5 イ

解答：（左頁）シイニキチ （右頁）しにきちい

學會了嗎？測驗一下

い段

寫出片假名　　再多練習寫幾次吧！

6　り

7　ひ

8　に

9　み

10　き

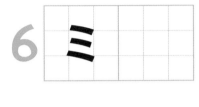

寫出平假名　再多練習寫幾次吧！

6 ミ

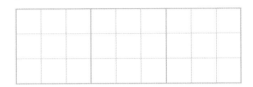

7 シ

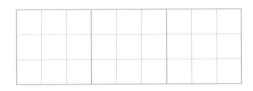

8 リ

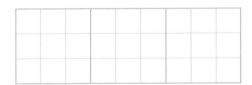

9 チ

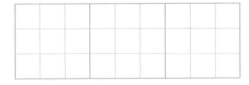

10 ヒ

解答：（左頁）リヒ二ミキ　（右頁）みしりちひ

學會了嗎？測驗一下

い段

寫出平假名或片假名 **再多練習寫幾次吧！**

11 み

12 ミ

13 き

14 キ

15 に

寫出平假名或片假名　再多練習寫幾次吧！

11 リ

12 ひ

13 ヒ

14 い

15 シ

解答：（左頁）ミみキきニ　（右頁）リヒひイし

あ段
い段
う段
え段
お段

是這樣演變來的

字 → 字 → う

這樣寫就錯了

不能比大角，要彎一點！

う 常使用的字

うま 馬
u ma

[u]

自己來寫 **う** 看看

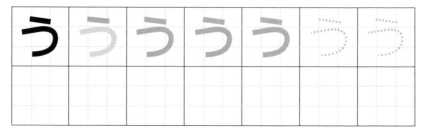

う	う	う	う	う	う	う

再來認識 **う** 相關單字！　　　　　　　　　🎧 **Track 040**

❶ **売り場** 賣場
　 う ば

❷ **運動** 運動
　 うんどう

❸ **嬉しい** 高興的
　 うれ

❹ **受ける** 接受
　 う

❺ **宇宙** 宇宙
　 う ちゅう

ウ 是這樣演變來的

宇 → 宇 → ウ

這樣寫就錯了

要寫得大秧大角大一點！

ウ 常使用的字

ウール 羊毛
u ru

[u]

ア段

イ段

ウ段

エ段

オ段

自己來寫 ウ 看看

ウ	ウ	ウ	ウ	ウ	ウ	ウ

再來認識 ウ 相關單字！

Track 041

❶ ウイスキー 威士忌

❷ ウイルス 病毒

❸ ウェイター 男服務生

❹ ウェイトレス 女服務生

❺ ウエイト 重量

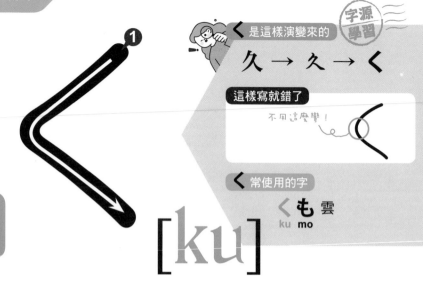

あ段
い段
う段
え段
お段

く是這樣演變來的 字源學習

久 → 久 → く

這樣寫就錯了

不用這麼彎！

く常使用的字

く**も** 雲
ku mo

[ku]

自己來寫 く 看看

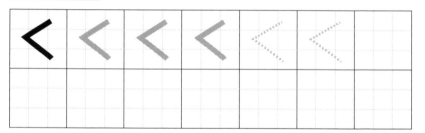

再來認識 く 相關單字！

🎧 **Track 042**

① くつした
靴下 襪子

② くるま
車 車子

③ くうこう
空港 機場

④ く
来る 來

⑤ くろ
黒い 黑色的

字源學習

ク 是這樣演變來的

久 → 夕 → **ク**

這樣寫就錯了

不要太長！

ク 常使用的字

ネッ**ク**レス 項鍊
ne　ku　re su

[ku]

ア段

イ段

ウ段

エ段

オ段

自己來寫 **ク** 看看

ク	ク	ク	ク	ク	ク	ク

再來認識 **ク** 相關單字！　　　　　　　　　　　Track 043

❶ クラス　班級

❷ クリスマス　聖誕節

❸ クイズ　猜謎、問答

❹ クラシック　經典、古典樂

❺ クラスメート　同班同學

あ段
い段
う段
え段
お段

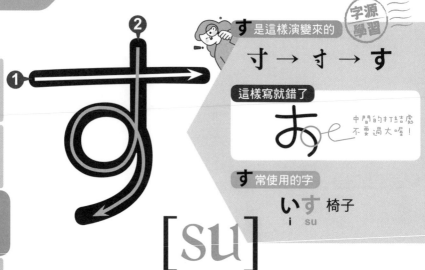

す 是這樣演變來的 字源學習

寸 → す → す

這樣寫就錯了

中間的打結處
不要過大喔！

す 常使用的字

いす 椅子
i su

[su]

自己來寫 **す** 看看

す	す	す	す	す		

再來認識 **す** 相關單字！　　🎧 **Track 044**

① すし 壽司

② 水曜日 星期三
　 すいようび

③ すき焼き 壽喜燒
　 すき や

④ 相撲 相撲
　 すもう

⑤ 凄い 厲害的
　 すご

字源瞭望

ス 是這樣演變來的

須 → 須 → ス

這樣寫就錯了

ス 這一劃不要太長喔！

ス 常使用的字

カート 裙子
su ka to

[su]

ア段

イ段

ウ段

エ段

オ段

自己來寫 ス 看看

ス	ス	ス	ス	ス	ス	ス

再來認識 ス 相關單字！

Track 045

❶ スーツケース 行李箱　　❸ スリッパ 拖鞋

❷ スプーン 湯匙　　❹ スイス 瑞士

❺ スイッチ 開關

あ段
い段
う段
え段
お段

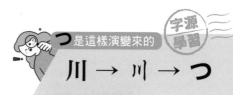

つ 是這樣演變來的　字源學習

川 → 川 → つ

這樣寫就錯了

中間的一橫要
稍微彎曲喔！

つ 常使用的字

つり 釣魚
tsu ri

[tsu]

自己來寫 つ 看看

つ	つ	つ	つ	つ	つ	

再來認識 つ 相關單字！　　🔊 **Track 046**

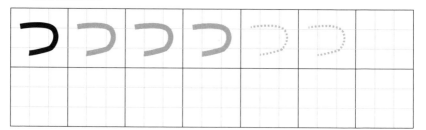

① つくえ
　机　桌子

② つき
　月　月亮

③ つまらない　無聊的

④ つめ
　冷たい　涼的、冷的

⑤ つづ
　続ける　繼續

ツ 是這樣演變來的

川 → 川 → ツ

這樣寫就錯了

不要畫太短喔！

ツ 常使用的字

スーツケース 行李箱
su tsu ke su

[tsu]

自己來寫 ツ 看看

ツ	ツ	ツ	ツ	ツ		

再來認識 ツ 相關單字！　　　　　　　　 Track 047

❶ ツアー 旅行

❸ ツバキ 山茶花

❷ ツバメ 燕子

❹ ツイン
雙胞胎、雙人房（雙床雙人房）

❺ ツツジ 杜鵑花

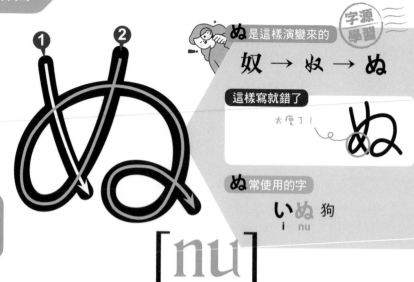

あ段
い段
う段
え段
お段

[nu]

ぬ是這樣演變來的 字源學習

奴 → 奴 → ぬ

這樣寫就錯了

太瘦了！

ぬ常使用的字

いぬ 狗
i nu

自己來寫 ぬ 看看

再來認識 ぬ 相關單字！　🎧 **Track 048**

① 濡らす 弄溼

② 抜ける 穿過、脫離

③ 温い 溫的

④ 脱ぐ 脫掉

⑤ 塗る 塗抹

字源

ヌ 是這樣演變來的

奴 → 奴 → ヌ

這樣寫就錯了

不用連起來！

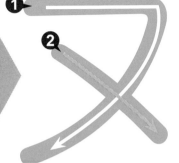

ヌ 常使用的字

ヌードル 麵條
nu do ru

[nu]

ア段

イ段

ウ段

エ段

オ段

自己來寫 ヌ 看看

ヌ	ヌ	ヌ	ヌ	ヌ	ヌ	ヌ

再來認識 ヌ 相關單字！

🎧 Track 049

① ヌメヌメ 光滑的

② ヌルヌル 黏糊糊的

③ ヌー 牛羚

④ ヌード 裸體

⑤ ヌーブラ 隱形內衣

あ段
い段
う段
え段
お段

ふ

[fu]

字源學習

ふ 是這樣演變來的

不 → 不 → ふ

這樣寫就錯了

別寫成小了！ 小

ふ 常使用的字

ふね 船隻
fu ne

自己來寫 **ふ** 看看

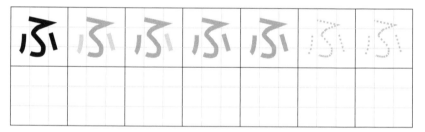

ふ	ふ	ふ	ふ	ふ	ふ	ふ

再來認識 **ふ** 相關單字！　🎧**Track 050**

① 服 衣服
ふく

② 風呂 浴池、浴室
ふ ろ

③ 布団 棉被
ふ とん

④ 冬 冬天
ふゆ

⑤ 古い 舊的
ふる

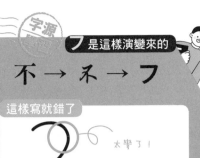

フ 是這樣演變來的

不 → ネ → フ

這樣寫就錯了

太彎了！

フ 常使用的字

フィルム 底片
fi ru mu

[fu]

ア段

イ段

ウ段

エ段

オ段

自己來寫 フ 看看

フ	フ	フ	フ	フ	フ	

再來認識 フ 相關單字！

Track 051

❶ ファクス 傳真

❷ フライパン 平底鍋

❸ フランス 法國

❹ フォーク 叉子

❺ フルーツ 水果

あ段
い段
う段
え段
お段

む [mu]

む是這樣演變來的　字源學習

武 → 武 → む

這樣寫就錯了

む

太短了，再寫
下方一點！

む 常使用的字

むし 蟲子
mu shi

自己來寫 む 看看

む	む	む	む	む		

再來認識 む 相關單字！

Track 052

① 虫眼鏡 放大鏡
むしめがね

② 息子 兒子
むすこ

③ 娘 女兒
むすめ

④ 難しい 難的
むずか

⑤ 迎える 迎接
むか

ム 是這樣演變來的

牟 → 牟 → ム

這樣寫就錯了

太長了！

ム 常使用的字

ハ 火腿
ha mu

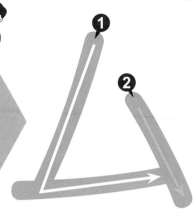

[mu]

自己來寫 ム 看看

ム	ム	ム	ム	ム	ム	ム

再來認識 ム 相關單字！

🔊 Track 053

❶ ムキムキ 肌肉健壯

❷ ムカデ 蜈蚣

❸ ムエタイ 泰拳

❹ ムーン 月亮

❺ ムード 心情、情緒

あ段
い段
う段
え段
お段

ゆ 是這樣演變來的

由 → 由 → ゆ

這樣寫就錯了

不用連起來！

ゆ 常使用的字

ゆり 百合
yu ri

[yu]

自己來寫 ゆ 看看

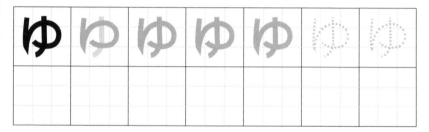

再來認識 ゆ 相關單字！ 🎵 **Track 054**

① ゆうびんきょく 郵便局 郵局

② ゆき 雪 雪

③ ゆうがた 夕方 傍晚

④ ゆめ 夢 夢、夢想

⑤ ゆる 緩む 鬆弛、緩和

ユ 是這樣演變來的

由 → 由 → ユ

這樣寫就錯了

ス

要凸出來！

ユ 常使用的字

ユニフォーム 制服
yu ni fo mu

ア段

イ段

ウ段

エ段

オ段

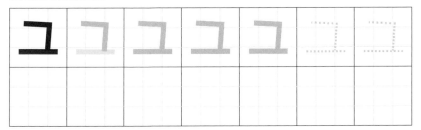

[yu]

自己來寫 ユ 看看

ユ	ユ	ユ	ユ	ユ	ユ	ユ

再來認識 ユ 相關單字！

🎵 **Track 055**

❶ ユーモア　幽默

❷ ユイチー　魚翅

❸ ユートピア　烏托邦

❹ ユーフォー　幽浮
　　　　　　　（UFO）

❺ ユズ　香橙

あ段
い段
う段
え段
お段

① **る**

[ru]

る 是這樣演變來的 字源學習

留 → 留 → る

這樣寫就錯了

太長了！ **る**

る 常使用的字

は る 春天
ha ru

る る る る る る

再來認識 **る** 相關單字！　Track 056

① 留守 (る す) 外出

② 留守番 (る す ばん) 看家

③ 瑠璃 (る り) 琉璃

④ 縷縷 (る る) 連續不斷

⑤ 流浪 (る ろう) 流浪

字源

ル 是這樣演變來的

流 → 流 → ル

這樣寫就錯了

儿

不能彎,會變成注音符號的儿!

ル 常使用的字

ーキーズ 新人
ki zu

[ru]

自己來寫 ル 看看

ル	ル	ル	ル	ル	ル	ル

再來認識 ル 相關單字!　　　　　　　　　　Track 057

❶ ルール　規則

❷ ルーム　房間

❸ ルート　路線、路徑

❹ ルーラー　尺

❺ ルーローハン　滷肉飯

學會了嗎？測驗一下

う段

寫出片假名　　再多練習寫幾次吧！

1　す

2　う

3　ぬ

4　く

5　つ

寫出平假名　再多練習寫幾次吧！

1 ク

2 ツ

3 ヌ

4 ス

5 ウ

解答：（左頁）スウヌクツ　（右頁）くつぬすう

學會了嗎？測驗一下

寫出片假名　再多練習寫幾次吧！

6 む

7 る

8 ぬ

9 ふ

10 ゆ

寫出平假名 再多練習寫幾次吧！

6 ム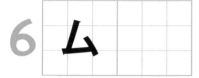

7 ル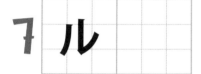

8 フ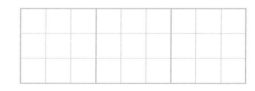

9 ス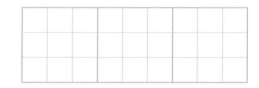

10 ユ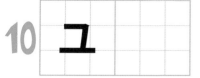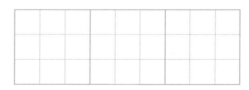

解答：（左頁）ムルヌフユ （右頁）むるふすゆ

學會了嗎？測驗一下

う段

寫出平假名或片假名 ▼　　再多練習寫幾次吧！

11　**す**

12　**ヌ**

13　**ふ**

14　**ウ**

15　**る**

寫出平假名或片假名　　再多練習寫幾次吧！

11 ユ

12 ぬ

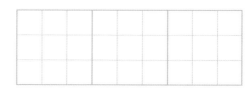

13 ム

14 む

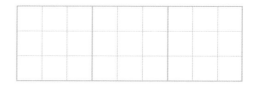

15 ツ

解答：（左頁）スぬフラル （右頁）ゆヌむムつ

あ段

い段

う段

え段

お段

え

1 →
2

[e]

え是這樣演變來的

衣 → 衣 → え

這樣寫就錯了

え

不能勾角，要
圓滑曲線！

え常使用的字

え き 車站
e ki

自己來寫 **え** 看看

え	え	え	え	え	え	え

再來認識 **え** 相關單字！

🎧 **Track 058**

① えい が
映画 電影

② えい ご
英語 英文

③ えら
選ぶ 選擇

④ えんぴつ
鉛筆 鉛筆

⑤ えんぜつ
演説 演講

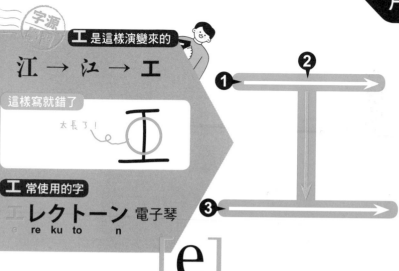

字源 專刊

エ 是這樣演變來的

江 → 江 → エ

這樣寫就錯了

太長了！

エ 常使用的字

エレクトーン 電子琴
e re ku to n

[e]

ア段
イ段
ウ段
エ段
オ段

自己來寫 エ 看看

エ	エ	エ	エ	エ	エ	エ

再來認識 エ 相關單字！

🎧 **Track 059**

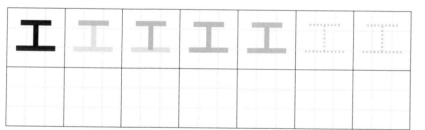

① エスカレーター 手扶梯

② エレベーター 電梯

③ エンジニア 工程師

④ エアコン 冷暖氣機、空調

⑤ エッセイ 隨筆

あ段
い段
う段
え段
お段

け 是這樣演變來的 字源學習

計 → 計 → け

這樣寫就錯了

太彎了也太短了！

け 常使用的字

い**け** 池塘
i ke

[ke]

自己來寫 **け** 看看

け	け	け	け	け		

再來認識 **け** 相關單字！　　　Track 060

① 今^{け さ}朝 今天早上

② 消^けしゴム 橡皮擦

③ 結^{けっこん}婚 結婚

④ 計^{けいかく}画 計劃

⑤ 研^{けんきゅうじょ}究所 研究所

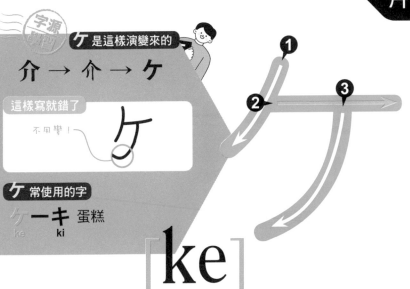

字源學問

ケ 是這樣演變來的

介 → 介 → ケ

這樣寫就錯了

不用彎!

ケ 常使用的字

ケーキ 蛋糕
ke   ki

[ke]

自己來寫 ケ 看看

ケ	ケ	ケ	ケ	ケ		

再來認識 ケ 相關單字! 🎧 Track 061

❶ ケース 案件

❸ ケービング 洞穴探險

❷ ケチャップ 蕃茄醬

❹ ケーブ 洞穴

❺ ケット 毯子

あ段
い段
う段
え段
お段

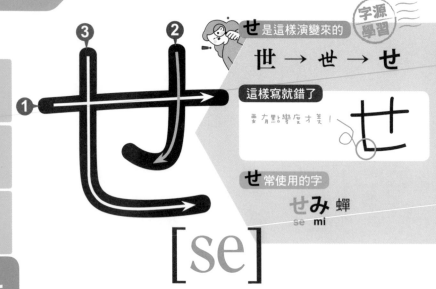

せ是這樣演變來的　字源學習

世 → せ → せ

這樣寫就錯了

要有點彎度才美！

せ常使用的字

せみ 蟬
se mi

[se]

自己來寫 せ 看看

せ	せ	せ	せ	せ	せ	せ

再來認識 せ 相關單字！　　🎵 Track 062

① 世界（せかい）世界

② 石鹸（せっけん）肥皂

③ 先生（せんせい）老師

④ 生徒（せいと）學生

⑤ 星座（せいざ）星座

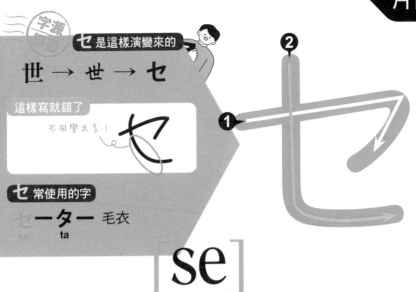

字源研究

セ 是這樣演變來的

世 → 世 → セ

這樣寫就錯了

不用彎太多！

セ 常使用的字

セーター 毛衣
se ta

[se]

自己來寫 セ 看看

セ	セ	セ	セ	セ	セ	セ

再來認識 セ 相關單字！　　　　　　　　　　　🎵 Track 063

❶ セーブ 保存　　　　❸ セール 特賣、拍賣

❷ セロテープ 透明膠帶　❹ センチ 公分

　　　　　　　　　　　❺ セット 套組、套餐

あ段
い段
う段
え段
お段

字源學習

て 是這樣演變來的

天 → 天 → て

這樣寫就錯了

要水平線！

て 常使用的字

て 手
te

[te]

自己來寫 て 看看

て	て	て	て			

再來認識 て 相關單字！

Track 064

① ていしょく
定食　定食、套餐

② てがみ
手紙　信

③ てちょう
手帳　記事本、筆記本

④ てんき
天気　天氣

⑤ てつだう
手伝う　幫助、幫忙

字源

テ 是這樣演變來的

天 → 禾 → テ

這樣寫就錯了

テ

知一 一 一里!

テ 常使用的字

テ**スト** 考試
te su to

[te]

自己來寫 テ 看看

テ	テ	テ	テ	テ		

再來認識 テ 相關單字！

🎧 Track 065

❶ テープ 錄音帶、膠帶

❷ テーブル 桌子

❸ テーマ 主題

❹ テニス 網球

❺ テント 帳篷

あ段
い段
う段

え段

お段

ね
[ne]

ね 是這樣演變來的

字源學習

祢 → 祢 → ね

這樣寫就錯了

ね

右邊胖一點會比較好看！

ね 常使用的字

む**ね** 胸部
mu ne

自己來寫 **ね** 看看

ね	ね	ね	ね	ね	ね	ね

再來認識 **ね** 相關單字！

Track 066

ねこ
①猫 貓

ねつあい
②熱愛 熱愛

ね
③寝る 睡覺、就寢

ねっしん
④熱心 熱心（的）

ねったい
⑤熱帯 熱帶

112

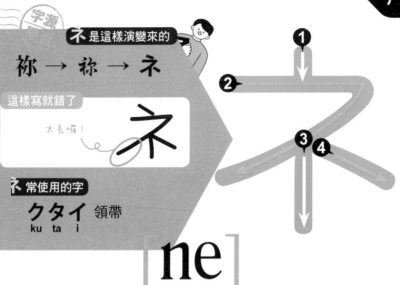

字源

ネ 是這樣演變來的

祢 → 祢 → ネ

這樣寫就錯了

太長囉！

ネ 常使用的字

クタイ 領帶
ku ta i

[ne]

自己來寫 ネ 看看

ネ ネ ネ ネ ネ ネ ネ

再來認識ネ相關單字！　　　Track 067

❶ ネック　頸部、脖子　　❸ ネット　網路

❷ ネックレス　項鍊　　❹ ネービー　海軍

❺ ネプチューン　海王星

あ段

い段

う段

え段

お段

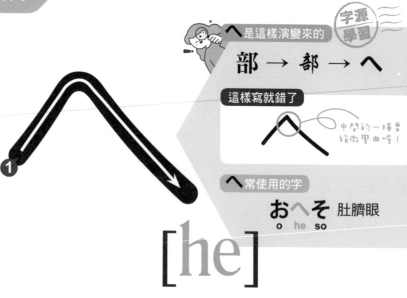

字源學習

へ 是這樣演變來的

部 → 部 → へ

這樣寫就錯了

中間的一橫要稍微彎曲喔！

へ 常使用的字

お へ そ 肚臍眼
o　he　so

[he]

自己來寫 へ 看看

再來認識 へ 相關單字！

🎵 **Track 068**

① 部屋 ⟨へや⟩ 房間、屋子

② 辺 ⟨へん⟩ 邊、附近

③ 変化 ⟨へんか⟩ 變化、改變

④ 平凡 ⟨へいぼん⟩ 平凡的

⑤ 返事 ⟨へんじ⟩ 回答、答覆

へ是這樣演變來的

部 → 部 → へ

這樣寫就錯了

角度明顯要一點!

へ常使用的字

ヘルメット 安全帽
he ru me to

[he]

自己來寫 へ 看看

へ	へ	へ	へ			

再來認識 へ 相關單字！

Track 069

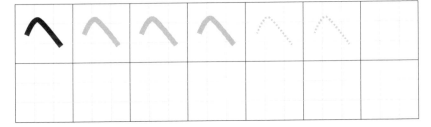

① ヘア 頭髮

② ヘルシオ 水波爐

③ ヘソ 肚臍

④ ヘチマ 絲瓜

⑤ ヘリコプター 直升機

あ段
い段
う段
え段
お段

め 是這樣演變來的

女 → 女 → め

這樣寫就錯了

不要超過虛線！

め 常使用的字

め 眼睛
me

[me]

自己來寫 め 看看

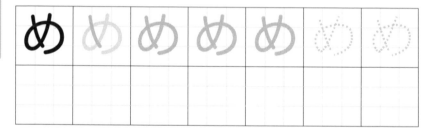

再來認識 め 相關單字！

🎧 **Track 070**

① めいさん
名産 名產

② め
目まい 暈眩

③ め がね
眼鏡 眼鏡

④ めいかく
明確 明確（的）

⑤ めんどう
面倒 麻煩的

字源練習

メ 是這樣演變來的

女 → 女 → メ

這樣寫就錯了

太長囉!

メ 常使用的字

メロン 哈密瓜
me ro n

[me]

自己來寫 メ 看看

メ	メ	メ	メ	メ		

再來認識 メ 相關單字!　　　　　　　　　　🎧 **Track 071**

❶ メートル 公尺

❷ メキシコ 墨西哥

❸ メッセージ 訊息

❹ メニュー 菜單

❺ メモリー 記憶

117

あ段
い段
う段
え段
お段

① ②

れ

[re]

れ是這樣演變來的　字源學習

礼 → 礼 → れ

這樣寫就錯了

れ

字彎一點！

れ常使用的字

れつ　行列
re　tsu

自己來寫 れ 看看

れ	れ	れ	れ	れ	れ	れ

再來認識 れ 相關單字！　🎧 **Track 072**

れいぞう こ
❶ 冷蔵庫　冰箱

れき し
❷ 歴史　歷史

れんあい
❸ 恋愛　戀愛

れんしゅう
❹ 練習　練習

れんらく
❺ 連絡　聯絡

118

レ 是這樣演變來的

礼 → 礼 → レ

這樣寫就錯了

長一點！

レ

レ 常使用的字

レンチ 扳手
re n chi

[re]

工段

才段

自己來寫 **レ** 看看

レ	レ	レ	レ			

再來認識 **レ** 相關單字！　　　🔊 **Track 073**

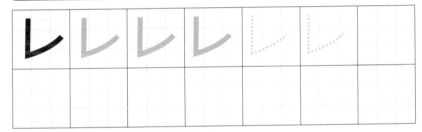

❶ レストラン　餐廳　　　❸ レポート　報告

❷ レコード　唱片　　　❹ レベル　程度、水準

　　　　　　　　　　❺ レジ　收銀台

學會了嗎？測驗一下

え段

寫出片假名　　再多練習寫幾次吧！

1 せ

2 え

3 ね

4 け

5 て

1 セ

2 ネ

3 ケ

4 テ

5 エ

解答：（左頁）セエネケテ　（右頁）せねけてえ

121

學會了嗎？測驗一下

え段

寫出片假名　再多練習寫幾次吧！

6　め

7　ね

8　れ

9　け

10　へ

寫出平假名　　再多練習寫幾次吧！

6　レ

7　ネ

8　へ

9　セ

10　メ

解答：（左頁）メネレケへ　（右頁）れねへせめ

學會了嗎？測驗一下

え段

寫出平假名或片假名　　再多練習寫幾次吧！

11 せ

12 エ

13 ね

14 テ

15 れ

11 レ

12 め

13 ネ

14 け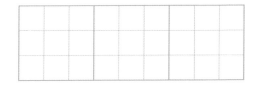

15 ケ

解答：（左頁）せえネてレ　（右頁）れメねケけ

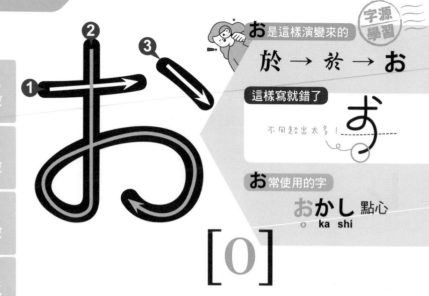

あ段
い段
う段
え段
お段

お 是這樣演變來的 字源學習

於 → 於 → お

這樣寫就錯了

不用超出太多！ す

お 常使用的字

おかし 點心
ka shi

[o]

自己來寫 お 看看

お	お	お	お	お	お	お

再來認識 お 相關單字！　　　　Track 074

① おんがくかい
音楽会 音樂會

② お い
美味しい 美味的

③ おお
大きい 大的

④ おもしろ
面白い 有趣的

⑤ お
終わり 結束

126

字源

オ 是這樣演變來的

於 → 於 → オ

這樣寫就錯了

要連起來!

オ 常使用的字

ステレオ 音響
su te re o

[O]

自己來寫 **オ** 看看

オ	オ	オ	オ	オ		

再來認識 **オ** 相關單字!

🎬 Track 075

❶ オフィス 辦公室　　❸ オープン 開放

❷ オレンジ 柳橙　　❹ オリンピック 奧林匹克（運動會）

❺ オペラ 歌劇

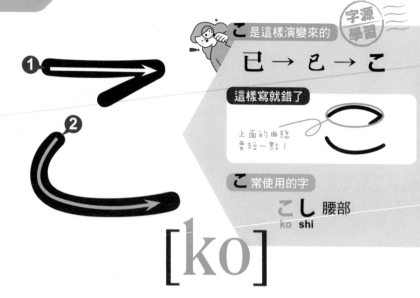

こ 是這樣演變來的　字源學習

已 → 己 → こ

這樣寫就錯了

上面的曲線要短一點!

こ 常使用的字

こし 腰部
ko shi

[ko]

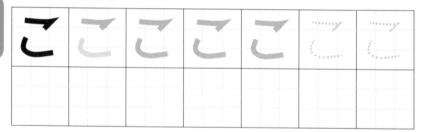

自己來寫 こ 看看

こ	こ	こ	こ	こ		

再來認識 こ 相關單字!　🔊Track 076

① こうこう
高校 高中

② こうさてん
交差点 十字路口

③ こくさい
国際 國際

④ こうちゃ
紅茶 紅茶

⑤ こわ
怖い 恐怖的

字源

コ 是這樣演變來的

已 → 已 → コ

這樣寫就錯了

コ

不能凸出來喔！
會變成片假名
「ユ」（yu）

コ 常使用的字

コート 外套
ko　to

[ko]

自己來寫 コ 看看

コ	コ	コ	コ		

再來認識 コ 相關單字！　　Track 077

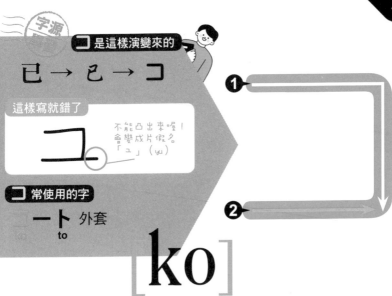
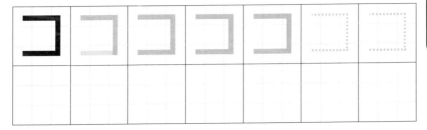

❶ コース 道路、路線

❷ コンサート 音樂會、
演奏會

❸ コンビニ 便利商店

❹ コーヒー 咖啡

❺ コーラ 可樂

129

そ 是這樣演變來的

字源學習

曾 → 曾 → そ

這樣寫就錯了

要有弧度！

そ 常使用的字

そと 外面
so to

[SO]

あ段
い段
う段
え段
お段

自己來寫 そ 看看

再來認識 そ 相關單字！

Track 078

① そこ 那裡

② それる 偏離、離題

③ そつぎょうしき
卒業式 畢業典禮

④ そら
空 天空

⑤ そんざい
存在 存在

字源學習

ソ 是這樣演變來的

曾 → 曾 → ソ

① **②**

這樣寫就錯了

再長一點!

ソ 常使用的字

シーソー 蹺蹺板
shi so

[SO]

自己來寫 ソ 看看

ソ	ソ	ソ	ソ	ソ	⸵	⸵

再來認識 ソ 相關單字!　　　　　　　　　🎧 Track 079

① ソフト　軟體

② ソース　醬料

③ ソックス　襪子

④ ソファー　沙發

⑤ ソーシャル　社交（的）

あ段
い段
う段
え段
お段

と

①
②

と 是這樣演變來的

止 → 止 → と

這樣寫就錯了

這太直了！

と

と 常使用的字

とけい 手錶
to ke i

[to]

自己來寫 と 看看

と	と	と	と	と	と	と

再來認識 と 相關單字！

Track 080

となり
① 隣 鄰居

ともだち
④ 友達 朋友

と しょかん
② 図書館 圖書館

と
⑤ 泊まる 住宿

とっきゅう
③ 特急 特快車

132

字源學習

ト 是這樣演變來的

止 → 止 → ト

這樣寫就錯了

要下面一點喔！

ト 常使用的字

ト マ ト 番茄
to ma to

❶
❷

[to]

自己來寫 ト 看看

ト	ト	ト	ト	ト		

再來認識 ト 相關單字！

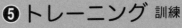 **Track 081**

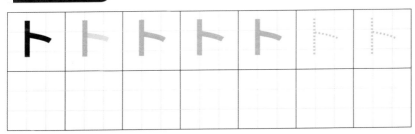

❶ トン 噸

❷ トップ 頂端、頂部

❸ トラック 卡車

❹ トースター 烤麵包機

❺ トレーニング 訓練

133

あ段
い段
う段
え段
お段

の是這樣演變來的　字源學習

乃 → 乃 → の

這樣寫就錯了

の　要長一點！

の常使用的字

つの 角
tsu no

[no]

自己來寫 の 看看

の の の の の の

再來認識 の 相關單字！　　🔊 **Track 082**

① 飲む 喝

② 乗り場 候車處

③ 飲み物 飲料

④ 乗り物 交通工具

⑤ 農業 農業

字源學習

ノ 是這樣演變來的

乃 → ß → ノ

這樣寫就錯了

不要太直，
要有弧度！

ノ 常使用的字

ノート 筆記本
no to

[no]

自己來寫 ノ 看看

ノ	ノ	ノ	ノ	ノ	ノ	

再來認識 ノ 相關單字！

Track 083

① ノック 敲

② ノリノリ 興致勃勃

③ ノース 北方

④ ノルウェー 挪威

⑤ ノミ 跳蚤

あ段
い段
う段
え段
お段

ほ

[ho]

ほ 是這樣演變來的

保 → 保 → ほ

這樣寫就錯了

ほ

不能凸出來！

ほ 常使用的字

ほし 星星
ho shi

自己來寫 **ほ** 看看

ほ	ほ	ほ	ほ	ほ	ほ	ほ

再來認識 **ほ** 相關單字！　　　　Track 084

① ほうそうきょく
放送局　電視公司、電台

② ほんや
本屋　書店

③ ほけんしょう
保険証　健保卡

④ ほっかいどう
北海道　北海道

⑤ ほんやく
翻訳　翻譯

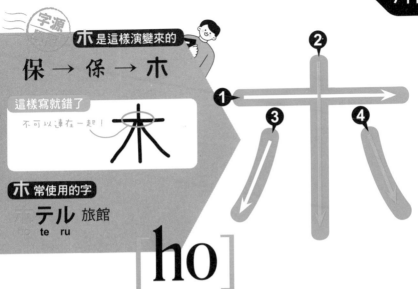

字源

ホ 是這樣演變來的

保 → 保 → ホ

這樣寫就錯了

不可以連在一起！

ホ 常使用的字

ホテル 旅館
ho te ru

[ho]

ア段

イ段

ウ段

エ段

オ段

自己來寫 ホ 看看

ホ	ホ	ホ	ホ	ホ	ホ	ホ

再來認識 ホ 相關單字！　　　　　　　　　　🎧 Track 085

❶ ホルモン 內臟　　　❸ ホッチキス 釘書機

❷ ホンコン 香港　　　❹ ホームページ 首頁、主頁

　　　　　　　　　　　❺ ホール 大廳

あ段
い段
う段
え段
お段

[mo]

も 是這樣演變來的

毛 → 毛 → も

這樣寫就錯了

這太長了！

も

も 常使用的字

も**りもり** 有元氣或精神
mo ri mo ri 良好的樣子

自己來寫 も 看看

も	も	も	も	も	も	も

再來認識 も 相關單字！　🎧**Track 086**

① もったいない　浪費的、惋惜的

② もんだい
問題　問題、事件

③ もくてき
目的　目的

④ もり
森　森林

⑤ もくようび
木曜日　星期四

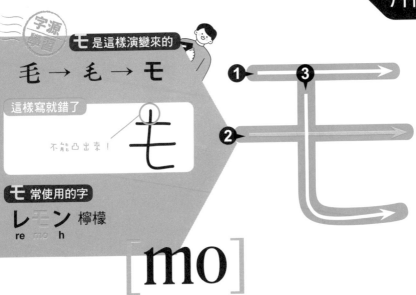

字源學習

モ 是這樣演變來的

毛 → 毛 → モ

這樣寫就錯了

不能凸出來！

モ 常使用的字

レ**モ**ン 檸檬
re mo h

[mo]

自己來寫 **モ** 看看

モ	モ	モ	モ	モ	モ	モ

再來認識 **モ** 相關單字！　　　🔊 Track 087

❶ モード　模式　　　　❸ モーション　運動、動作

❷ モール　購物中心　　❹ モバイル　行動電話

　　　　　　　　　　　❺ モカ　摩卡

139

あ段
い段
う段
え段
お段

② ① **よ**

[yo]

よ 是這樣演變來的

與 → 與 → よ

這樣寫就錯了

太大了！ よ

よ 常使用的字

はなよめ 新娘
ha na yo me

自己來寫 よ 看看

よ	よ	よ	よ	よ	よ	よ

再來認識 よ 相關單字！

🎵 **Track 088**

① 予報 預報
よ ほう

② 夜中 半夜
よ なか

③ 弱い 弱的
よ わ

④ よろしい 好的

⑤ 予約 預約
よ やく

140

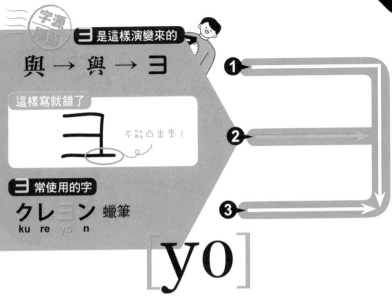

字源專欄

ヨ 是這樣演變來的

與 → 與 → ヨ

① ②③

這樣寫就錯了

不能凸出來！

ヨ 常使用的字

クレヨン 蠟筆
ku re yo n

[yo]

自己來寫 ヨ 看看

ヨ	ヨ	ヨ	ヨ	ヨ		

再來認識 ヨ 相關單字！

Track 089

① ヨーロッパ 歐洲

② ヨガ 瑜珈

③ ヨルダン 約旦（國名）

④ ヨット 帆船、快艇

⑤ ヨーヨー 溜溜球

あ段
い段
う段
え段
お段

ろ

[ro]

ろ是這樣演變來的 字源學習

呂 → 呂 → ろ

這樣寫就錯了

要長一點喔！

ろ 常使用的字

ろくがつ 六月
ro ku ga tsu

自己來寫 ろ 看看

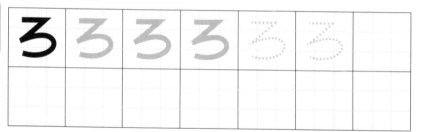

再來認識 ろ 相關單字！　　　　Track 090

① 老人（ろうじん） 老人

② 論文（ろんぶん） 論文

③ 廊下（ろうか） 走廊

④ 六（ろく） 六（數字）

⑤ ろ紙（し） 濾紙

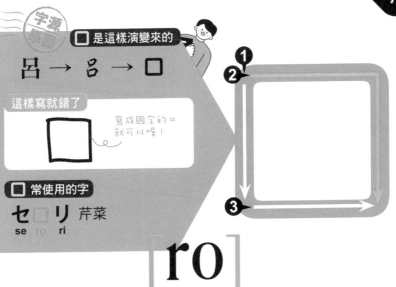

字源專欄

口 是這樣演變來的

呂 → 呂 → 口

這樣寫就錯了

寫成國字的口就可以喔！

口 常使用的字

セ口リ 芹菜
se ro ri

[ro]

自己來寫 口 看看

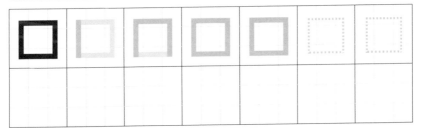

口	口	口	口	口	口	口

再來認識 口 相關單字！

🎧 **Track 091**

❶ 口ケット 火箭　　❸ 口ビー 大廳、休息室

❷ 口シア 俄羅斯　　❹ 口ック 上鎖

❺ 口ッカー 置物櫃

143

あ段
い段
う段
え段
お段

を 是這樣演變來的　字源學習

遠 → 遠 → を

這樣寫就錯了

不要 寫成「乙」 不是「ㄥ」

を 常使用的字

多作為助詞使用

[WO]

自己來寫 を 看看

を	を	を	を	を		

再來認識 を 相關用法！　🎧 Track 092

*を作為助詞使用

① ご飯を食べる 吃飯
はん　た

② 日本語を勉強する 學習日文
に ほん ご　べんきょう

③ 写真を撮る 拍照
しゃしん　と

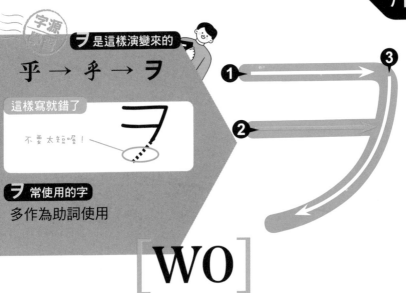

字源 密碼

ヲ 是這樣演變來的

乎 → 乎 → ヲ

這樣寫就錯了

不要太短喔!

ヲ 常使用的字

多作為助詞使用

[WO]

自己來寫 **ヲ** 看看

NOTE

ん段

ん

[n]

自己來寫 ん 看看

ん	ん	ん	ん	ん	ん		

再來認識 ん 相關單字！

🔊 Track 093

① かばん　包包

②
えん
円　日圓

③
きっさてん
喫茶店　咖啡店、茶館

④
じかん
時間　時間

⑤
がいこくじん
外国人　外國人

字源學習

ン 是這樣演變來的

爾 → 爾 → ン

這樣寫就錯了

要長一點喔！

ン 常使用的字

ハ**ン**マー 榔頭
ha n ma

❶ ❷

$$[n]$$

自己來寫 ン 看看

ン	ン	ン	ン	ン	⌣	⌣

再來認識 ン 相關單字！　　　　　　　🎧 Track 094

❶ アイロン 熨斗　　　❸ ズボン 褲子

❷ アクション 動作　　❹ パソコン 個人電腦

　　　　　　　　　　　❺ パン 麵包

學會了嗎？測驗一下

おん段

寫出片假名　再多練習寫幾次吧！

1　そ　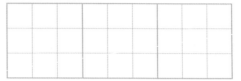

2　こ　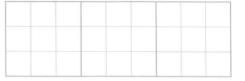

3　の　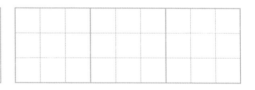

4　お　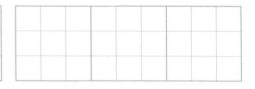

5　と　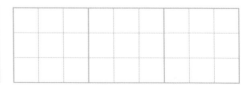

寫出平假名　再多練習寫幾次吧！

1 ソ

2 オ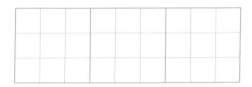

3 ト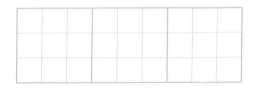

4 コ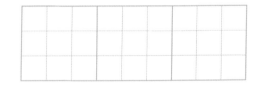

5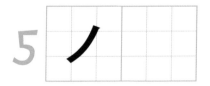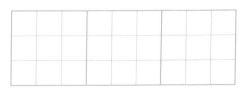

解答：（左頁）ソコノオト　（右頁）そおとこの

學會了嗎？測驗一下

おん段

寫出片假名　再多練習寫幾次吧！

6 も

7 よ

8 ろ

9 を

10 ほ

6 モ

7 ヲ

8 ロ

9 ホ

10 ヨ

解答：（左頁）モヨロヲホ （右頁）もをろほよ

學會了嗎？測驗一下

寫出片假名　　再多練習寫幾次吧！

11　ん

12　つ

13　に

14　る

15　ら

寫出平假名　再多練習寫幾次吧！

11 ラ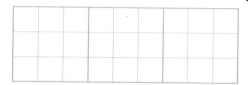

12 ル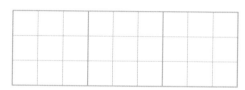

13 ツ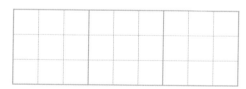

14 ニ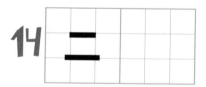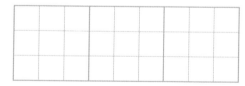

15 ン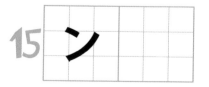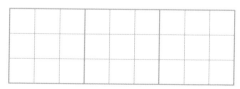

解答：（左頁）ンツニルラ （右頁）らるつにん

Part 4
五十音聽力測驗

- 聽力測驗
- 測驗解答

五十音聽力測驗 1

請專心聆聽老師的發音，試著寫出正確的答案。（**30秒內要作答喔！**）

平假名　　片假名

這個發音
怎麼寫呢？

🎧 Track 095

01

這個發音
怎麼寫呢？

🎧 Track 096

02

這個發音
怎麼寫呢？

🎧 Track 097

03

這個發音
怎麼寫呢？

🎧 Track 098

04

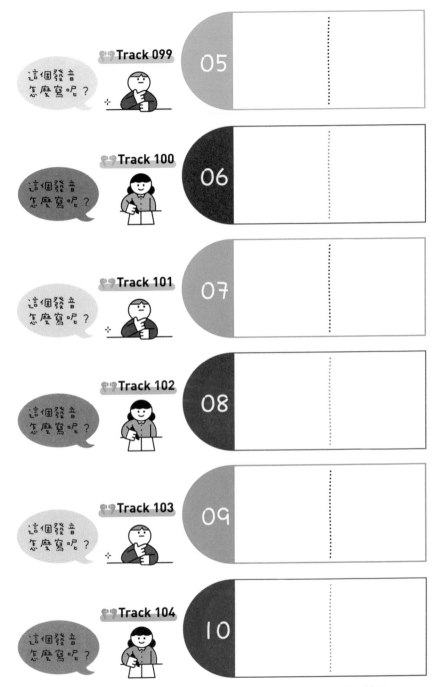

這個發音怎麼寫呢？

Track 099

05

這個發音怎麼寫呢？

Track 100

06

這個發音怎麼寫呢？

Track 101

07

這個發音怎麼寫呢？

Track 102

08

這個發音怎麼寫呢？

Track 103

09

這個發音怎麼寫呢？

Track 104

10

（解答見p164）

五十音聽力測驗 2

請專心聆聽老師的發音，試著寫出正確的答案。（**30秒內要作答喔！**）

平假名　　片假名

這個發音怎麼寫呢？

Track 105　01

這個發音怎麼寫呢？

Track 106　02

這個發音怎麼寫呢？

Track 107　03

這個發音怎麼寫呢？

Track 108　04

Track 109
這個發音怎麼寫呢?

05

Track 110
這個發音怎麼寫呢?

06

Track 111
這個發音怎麼寫呢?

07

Track 112
這個發音怎麼寫呢?

08

Track 113
這個發音怎麼寫呢?

09

(解答見p166)

五十音聽力測驗3

請專心聆聽老師的發音，試著寫出正確的答案。（**30秒內要作答喔！**）

平假名　　片假名

這個發音怎麼寫呢？ 🎧Track 114　01

這個發音怎麼寫呢？ 🎧Track 115　02

這個發音怎麼寫呢？ 🎧Track 116　03

這個發音怎麼寫呢？ 🎧Track 117　04

這個發音
怎麼寫呢？

Track 118

05

這個發音
怎麼寫呢？

Track 119

06

這個發音
怎麼寫呢？

Track 120

07

這個發音
怎麼寫呢？

Track 121

08

這個發音
怎麼寫呢？

Track 122

09

(解答見p168)

請專心聆聽老師的發音，試著寫出正確的答案。（**30秒**內要作答喔！）

平假名　　片假名

Track 123
這個發音怎麼寫呢？
01

Track 124
這個發音怎麼寫呢？
02

Track 125
這個發音怎麼寫呢？
03

Track 126
這個發音怎麼寫呢？
04

這個發音
怎麼寫呢？

Track 127

05

這個發音
怎麼寫呢？

Track 128

06

這個發音
怎麼寫呢？

Track 129

07

這個發音
怎麼寫呢？

Track 130

08

這個發音
怎麼寫呢？

Track 131

09

這個發音
怎麼寫呢？

Track 132

10

(解答見p170)

再寫一遍平假名	再寫一遍片假名
01 ま	マ
02 あ	ア
03 ら	ラ
04 さ	サ

05	な	ナ
06	わ	ワ
07	た	タ
08	か	カ
09	や	ヤ
10	は	ハ

解答篇

五十音聽力測驗2

快來看一下解答，同時再練習一遍吧！

再寫一遍平假名 | 再寫一遍片假名

01	き	キ
02	ち	チ
03	し	シ
04	り	リ

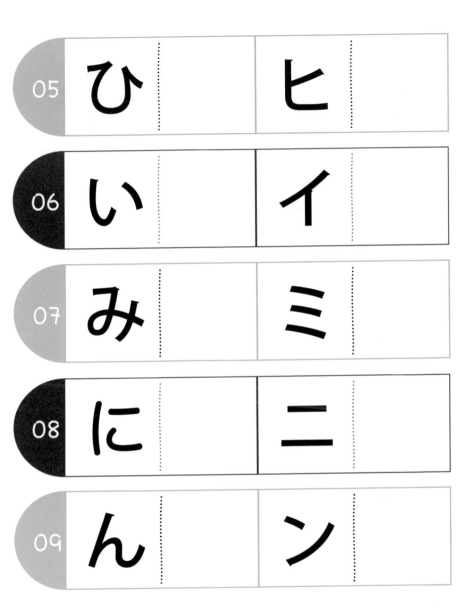

05	ひ	ヒ
06	い	イ
07	み	ミ
08	に	ニ
09	ん	ン

解答篇

五十音聽力測驗 3

快來看一下解答，同時再練習一遍吧！

再寫一遍平假名　　再寫一遍片假名

01	ふ	フ
	す	ス
03	つ	ツ
	む	ム

05	う	ウ
06	ぬ	ヌ
07	る	ル
08	く	ク
09	ゆ	ユ

169

再寫一遍平假名	再寫一遍片假名
01 ほ	ホ
02 そ	ソ
03 お	オ
04 の	ノ

05	と	ト
06	を	ヲ
07	も	モ
08	ろ	ロ
09	こ	コ
10	よ	ヨ

原來如此 系列 J062

先生，怎麼學比較快？
日文五十音，自學超簡單

想學日文五十音嗎？不用特別上課，一本就幫你打好基礎！

作　　者	松井莉子
顧　　問	曾文旭
社　　長	王毓芳
編輯統籌	黃璽宇、耿文國
主　　編	吳靜宜
執行主編	潘妍潔
執行編輯	吳芸蓁、吳欣蓉、范筱翎
美術編輯	王桂芳、張嘉容
封面設計	阿作
法律顧問	北辰著作權事務所　蕭雄淋律師、幸秋妙律師

初　　版	2023年10月
出　　版	捷徑文化出版事業有限公司
電　　話	（02）2752-5618
傳　　真	（02）2752-5619

定　　價	新台幣280元／港幣93元
產品內容	1書

總 經 銷	采舍國際有限公司
地　　址	235新北市中和區中山路二段366巷10號3樓
電　　話	（02）8245-8786
傳　　真	（02）8245-8718

港澳地區經銷商	和平圖書有限公司
地　　址	香港柴灣嘉業街12號百樂門大廈17樓
電　　話	（852）2804-6687
傳　　真	（852）2804-6409

書中部分圖片由Shutterstock及freepik圖庫網站提供。

捷徑Book站

國家圖書館出版品預行編目資料

先生，怎麼學比較快？日文五十音，自學
超簡單／松井莉子著. -- 初版. -- [臺北市]：
捷徑文化出版事業有限公司, 2023.10
　面；　公分（原來如此：J062）
ISBN 978-626-7116-37-1(平裝)

1.CST: 日語　2.CST: 語音　3.CST: 假名

803.1134　　　　　　　　　112009482